中公文庫

随筆

本が崩れる

草森紳一

中央公論新社

随筆　本が崩れる　目次

せいだ／野球で鍛えた手首の強く柔く速い返しのせいではないか／「猛牛」といわれた千葉茂のダブルプレーのシーンだ／軍国少年の末端の世代であった／ゲートルのほうは、ほとほと参った／「GHQ」にあっさり洗脳された申し子の如く／素手もグローブのうちと考えれば／なんと父は、その監督であった／想い出すだに、物哀しい時代である／横須賀で生れ育った首相は、野球少年のはずである／即ち扁平作戦である。その心は、素手の感触である／つばめの邪悪な敵意といったものさえ感じた／「さあ、こい！　こい！」／「お前って、ヘンな奴ちゃな」

喫煙夜話「この世に思残すこと無からしめむ」……………

荷風、やけんぱちである／タバコ好きの性根は、いじきたない／奇特にも私の本の読者が一人いる／世の両切り党を逆撫でするが如く／銃後の荷風も、今生の終りを覚悟せねばならぬ／やはり選挙民の票がこわいのだろうか／スパーッスパーッと気持ちよげに吸っている／これまた味のある悪人相の野中／世の勇ましき嫌煙家たちに対する一撃もない／ショートピースがなくなった日には、いさぎよく禁煙する／主義ではなく、生理の要求である／「ケムイ、ケムイ」を連発している／そういうお前こそが、街のゴミだ／タバコ—母—女—路—道徳／原稿とタバ

随筆　本が崩れる

本が崩れる

これは、本が崩れたわけでない。壁の四囲にめぐらした本棚は、入居した時から満杯であったが、部屋のスペースとしてはまだまだ余裕があった。テーブルや椅子をよけて、本や雑誌を乱雑に積みあげていったもので、自然現象に近い。

ドドッと、本の崩れる音がする

数年前、風呂場の中に閉じこめられたことがある。

一仕事が終り、ひさしぶりに痒《かゆ》くなった白髪頭でも洗ってやろうかと、廊下のそばにあるドアをなかばあけ、いざ風呂場へと、いつもの調子で窮屈そうに半身を入れた途端、なにか鋭い突風のようなものに背をどやされて、クルッと脱衣室の中へ捲《ま》きこまれるように押しこまれてしまった。

ドドッと、本の崩れる音がする。首をすくめると、またドドッと崩れる音。一ヶ所が崩れると、あちこち連鎖反応してぶつかり合い、積んである本が四散する。と、またドドッ。耳を塞《ふさ》ぎたくなる。あいつら、俺をあざ笑っているな、と思う。こいつは、また元へ戻すのに骨だぞ、と顔をしかめ、首をふる。

そもそも浴室へ入るドアは、いくら強くひっぱっても、半開きにしかならぬ。その前に半分ほど横積みの本が立ちはだかっていて、開かない。身をよじって窮屈そうに入るのは、そのためである。ところが、慣れると、よくしたもので、人の目には、窮屈そうに見えても、口笛吹くほどでないが、案外とスムーズに、半開きの穴の中へ、わが身をくぐらせることができる。

おそらく、この日、疲れのためか体のキレが悪く、それが油断になって、ドアの隙間へからだを滑りこませようとした時、うっかり本の端にぶつけてしまったのだ。大油断である。ともかく、その散乱状態を調べるため、いったん廊下へ出ようと、ドアのノブをまわし、外へ押した。

これはこれは、なんと開かないではないか。ノブを逆にまわす癖があるのを想い出し、その逆をやってみたが、ドアは、びくともしない。なんたることだ。

むかし、といっても学生時代のころで、ずいぶん昔の話になるが、東京の三田にある大学の演説館で、講演会があった（学園祭なのか、百年祭の時なのか。後者なら一年生の時だ）。だれがしゃべったのか（三人ほど講師に招待されていたと思うが）、忘れてしまったが、まちがいなくそのうちの一人が英文学者の吉田健一だったことだけは、よく覚えている。話の内容のほうは、まるっきり消えているが、彼のうしろ姿のみが、妙に記憶に残っている。

というのは、（おそろしく訥弁《とつべん》の）講演をようやく終えた吉田健一が壇上の小机の前を去って、いざ退場しようとした時におこった、ちょっとしたトラブルの話なのである。

この（たしか）明治にできた白堊《はくあ》の演説館には、芝居小屋の如き舞台の袖というものがない。かわりに小さなドアが、壇場の片すみに一つあって、講演者は、それをカーテンがわりのように押し開いて登場（吉田健一は大男なので、身をかがめてその穴をくぐり、スーッと立ち現れる）、話が終れば、また先のドアを押して姿を消す、という仕組みになっている。

　吉田健一のトラブルというのは、こうである。退場の際、ノブをいくらガチャガチャまわしても、ドアが開かないのである。把《と》っ手が壊れていたわけでない。あまりガチャガチャやりすぎるので、見ていて壊れそうに感じるだけである。

　ノブなるものは、右と左のどちらにまわせば正解なのか、今もってわからないが、多分、吉田健一の場合、最初のまわしかたが逆であったため、開かず、そこで内心、大慌てし、すぐに反対側へノブをひねってみる。

　慌てた分、スピードがつきすぎて、手首の返しが完了していぬうち（つまり、いったん停止させない）、また逆へ戻してしまう。そして最初のかたちに戻して押してはみるが、もちろんドアは開かず、そうなると、もうパニックで、やたらと闇雲にガチャガチャさせることになる。

　かくいう私が、それまで何度もノブの喜劇を繰り返し、人の失笑を買い、さんざん恥をかいてきていた。人は、アイツ馬鹿ではないかと思ったりするらしいが、ノブをガチャつかせている吉田健一の猫背気味な後ろ姿を眺めながら、同類がいたかと、安堵《あんど》したのをよく憶えている。

　観客席の学生たちも、なにごとがおこったのだろうと、わけのわからぬまま、息を殺して、そのなりゆきを森閑と見守っている。学生服を着た係員が駈けつけて、手助けしてもよさそうなのに、ほうりっぱなしのままなのは、思わぬ事態に、なんだろうと気も心もあがってしまい、ただただ見惚れるばかりだったのだろう。そのうち、やっとドアが開き、吉田健一は、ほっとした巨体の背をかがめて、その穴の中へ消えていった。ちょっと間をおき、学生たちも、ザワザワと立ちあがった。

このトラブルのからくりは、同じような失敗の常習者である私には、簡単明瞭である。たとえば、もし右にまわして駄目なら、左へやってみればよい。ノブが壊れていないかぎり、かならず開く。あとは前へ引っ張るか、後へ押すかである。そんなことは、わかっている。

吉田健一本人とて、右がだめなら左へと、すぐまわしてみている。それまで何度も同じトラブルを体験しているはずだ。それでも同じ失敗を繰り返す。そのたびに慌てる。反対の左へまわしても、「ふり」だけになっている。この失敗の原理を自分へいいきかせるため(いまだ私自身も克服しているとはいいきれないので)、もう一度書くなら、まわし切らないうちにもう右へ戻し、その同じ交互運動を凄いスピードでくりかえす。だから「ガチャガチャ」という音楽が高鳴る。

退屈な講演が終って、やれやれと思った学生たちは、思いもかけぬ彼の即興演奏に遭遇したことになる。

なにかの拍子で、ノブがまわりきるのと戸を押すのとが一体になった時、ようやくご苦労さんの御褒美のようにドアは開き、まるで命びろいでもしたかのような大袈裟《おおげさ》な気持になって、やれやれと胸を撫《な》でおろす。不器用な人間でなければ、味わえぬ喜びである。

さてさて、これからどうするか

ただ不器用な人間は、総じて頑固なので、この失敗をよき教訓としない。また同じことを繰り返す。笑われるのは、癪《しゃく》だし、慌てている自分もみじめだが、「ガチャガチャ」やっているうちに、かならず開くとどこかで信じこんでいる呑気さが、心のどこかにある。そのため、開きかたを憶えようとしない。だから自動ドアの出現は、必ずしも福音でない。かならず失敗する。ひどい目にあう。ましてや回転ドアなどは、恐怖の機械仕掛けである。

まあ、原稿（文章）で書くと、このように長ったらしくなってしまうが（ここまで、数時間もその言語化に苦労している）、風呂場のドアが開かないと知った時、一瞬のうちに甦ってきた風景なのである。記憶の体験というものは、夢と同様に「時間」がないので、一瞬ですむ。一瞬のうちに、三田演説館で吉田健一がしでかした小トラブル、私にとっては、吉田健一もかと、大いに勇気をあたえてくれた不器用の情景として、豊かに甦ってきたのである。

一応「ガチャガチャ」とノブをまわしてみる。そば近くの本が崩れ倒れる音を耳にしているので、つまりドアを動かなくしてしまった理由を知っているので、むなしい音楽行動だ。そこでノブをいっぱいいっぱいにまわしたのち、からだごと力をこめてドアを向うへと押して見る。すこし動く。それだけで、あとは微動だにしない。崩れた本の群れが、あらたなる無秩序な山（崖くずれの跡だ）を築き、ドアを塞いでしまったのは、もう確実であった。

風呂場に附属した脱衣室には、洗面所がある。洗濯場もあるが、そこにも、置き場のなくなった本が、天井近くまで山積みになっている。狭い二LDKのマンションの中で、まったく本の姿が見えない唯一の場所といえば、浴室のみである。寝室の四囲も本で占領されている。

本は、からきし水に弱いので、しぶしぶ敬遠しているだけの空間なのである。いや、他にベランダもあるか。和書があるので、虫乾しに絶好のスペースだが、そうもいかない。その上に屋根があっても、雨が降って吹きこめば、和書はズブ濡れになる。和紙には、糊《のり》が使われているので、頁《ページ》がはがれなくなる。やはり本の置き場所として断念しなければならぬ。

さてさて、これからどうするか。はからずも私は、風呂場の中に監禁されてしまった。たしかに困ってはいるが、案外と心は明るい。あせっているくせに明るい。こういう時は、体験則から、なんとかなるものだ。まずは顔でも洗おう。私は、ふだん顔を洗わない。

風呂に入った時、ついでに洗顔するだけである。この際、心を落着かせるため顔を洗い、じっくり脱出の方法を考えようと思った。

かつて遊びにいった友人の家のトイレに入り、用をたして出ようとしたが、施錠が壊れてしまい、往生したことがある。あれこれやって見たが、やはり駄目で、小半刻ほど軟禁状態になった。なんだ、恥をかけばよいではないか、とようやく途中で気づき、ドアを叩くことにした。

叩いてもだめなら、声を張りあげて友人の名を呼ぼう、とまで決心していたが、数回叩くだけで、すぐに駈けつけてくれ、ぶじ「救出」され、思わず破顔した、そういうにがい想い出がある。遅いので、どうしたのかと心配していたと彼はいい、最近、施錠が甘くなっているんだ、すまんと、救いの手をいれてくれたが、どうしたって不器用な私が、最終的に壊したに違いない。

この本の群れに完全占拠されたマンションには、ドアを強く叩いても、大声で叫んでみても、出てきてくれるような人間は、誰も住んでいない。「世間」とやらに背を向けて生きてきたので（実際は甘えて、曖昧を極めながら生きてきたので）、こいつは、復讐されているのかなと、ニヤッと笑ってみるものの、いやいや書物の精霊どもめに、ちょっと意地悪されているだけなのだ、と思い直しながら顔をゆっくり洗っていたが、そのうち、またまた心はやたらと明るくなってくる。

顔を洗い終える。こんなに時間をかけて、顔を洗ったことなど、生れてからこのかた、一度もない。タオルで濡れた顔をふく。ひさしぶり、鏡の中に自分の顔を覗く。鏡は、一種の洞窟で、どうしても覗きこむようなしぐさになる。そんな時、唐の詩人李賀（長吉）の詩の一節が、ふっと浮上してくる。

鏡中聊自笑

「鏡中　聊《いささ》か　自ら笑う」。「詠懐／二首」の「其の二」の中にある句である。もうすこしその前後の句を引けば、

旦夕《あさゆう》　書を著わすも　罷《や》む
驚く　霜の素《しろ》き絲《いと》の落つれば
鏡中　聊か　自ら笑う
詎《な》んぞ是《こ》れ　南山の期《いのち》

李賀は、一日中書きものをしていたのだが、はたと筆をとめる。霜の白い絲、つまり白髪が目の前にハラリと落ちてきたからだ。驚き、あわてふためく。いそいで鏡をとりだし

て、その顔を見る。白髪多き頭を見やるためでない。そんなことは、わかっている。自分のあわてている顔をみるためだ。永遠の南山のようには行かぬのだぞと、鏡の中の自分に向って、にやりと笑ってみせる。

二十七歳で夭折《ようせつ》する鬼才李賀は、早くから髪薄く、しかも白髪だったという。今や私も、白髪な上に毛も薄くなっているが、あまり頓着しない。若い李賀のように、ヒクヒク繊細に感じているわけでもないのに、浴室へにわかに幽閉されて、どこかで驚いている阿呆《あほう》な自分の表情を急に見たくなったには違いない。かくて鏡の中に自分の顔を覗きこみながら、「鏡中　聊か　自ら笑う」と呟いて見たのである。

物書きとして、しぶしぶ生活するようになってから、たえずもう一人の自分をわが背後に置く癖がつき（いや、三十を過ぎてからは、わが前面にも、もう一人の自分を置く）、それは守護神の如く、情けない本体の自分を救う時もあるが、前後に見張りをつけておくなんて、素直でないと責めたい部分でもある。チミモウリョウにそそのかされるまま、素直に生きている自分。そんな自分の醜態を眺めているもう一人の素直でない自分。超越的自分ともいえるが、そんなしろもの、自分の目でたしかめたこともない。たえず不寝番している見ず知らずの気の毒な自分でもある。

鏡を覗いてみたところで、どんな「自分」も映りやしないとわかっているので、ニヤッと笑うしかない。しかし、あくまで心でニヤッと笑ったのであり、顔まで、そうしてみたわけでない。鏡の中の私は、まいったなという風に、明るく白けて、やや渋面しているのみである。

念のため、むだと知りつつ、もう一度ドアのそばへ戻り、ゆっくりノブをまわして、押してみる。もちろん動きやしない。ドア全体にわが痩せこけた体重をかけて押してみる。さきにそうした時は、わずかながら動いた気もしたのだが、こんどは、ビクともせぬ。しかたがないな、予定通り、風呂にでも入って、ゆっくり脱出の方法でも考えるとしよう、と思いきめた。

ここで風呂に入れば、前代未聞、どうしたって一日に二度も顔を洗うことになる（私は、めったに顔を洗わないので、その効によって、六十を過ぎても皺《しわ》がない、と思いこんでいる）。まあいいかと、湯の蛇口をひねる。はじめのうちは、冷水だが、一分もすれば湯水となって蛇口から、白く飛びだしてくる。現代の風呂は、湯をわかす苦労がいらない。

ただ湯が溜まるまでの時間は、もどかしいが、かく至っては、じたばたしてもはじまらぬ。脱衣室へ戻り、目に飛びこんできた豊臣秀吉関係の書物を一冊抜いて手にとった。

私は、秀吉の朝鮮征討における初心の動機を陶芸漁りにありと見ていて、ぼつぼつと資料を買い集めていた。日本のデザイン史にとって、画期的な戦争である。おそらく仕事として着手しないで終りそうなプランであったが、わが心にひとたび灯がともったからには、

第2次

狭い玄関も本置場。靴も本の上。ぶどうを人に貰っても、置場がないので、コーヒーカップの中にさしこむ。机の上も物の置場がない。原稿は毛筆だが、硯の置く余地もなし。唯、狭所は、仕事の集中力のために都合よし。

Trinitron

テレビは、大型から小型にかえたが、ついに故障し、いつしか本の中に隠れこんで、姿も見ない。貰った帽子は、本、本の殺風景を飾る小道具。井上洋介のマンガパネル（一九六四）も、はじめ壁に掛けられていたが、今は本の上に鎮座し、しばしの目の保養となる。

集めつづけねばならぬ。その積ん読の一冊を数頁も読み進まぬうち、隣りの浴室の湯槽《ゆぶね》から、水がタイルの上に溢れ落ちる音がきこえてきた。

よし、と私は、読みかけの本をパタンと閉じる。かくて本の群どもに監禁されてしまった私は、蛇口の栓をとめ、いそいで着衣を脱ぎ棄て、めでたく裸になって、満杯の湯槽につかったのである。威勢よく、私の身体の分量だけ、ジャージャーと音をたて、滝となって湯漕から水は溢れ出る。爽快である。

本は、なぜ増えるのか。買うからである

この小事件がおこったのは、数年前ながら、時間に風化して（記憶の問題というより、季節感の喪失だろう）、春であったか冬であったか、それすら思いだせないのだが、真昼時であったのは、まちがいない。あまり汗かきでないせいか、風呂なるものは、めんどうで、入るのに優柔不断、けっこう決断を必要とするが、いったん湯につかれば、この上なく気持がよい。

ただこの快楽を脱衣のめんどうと（時間にして一分とかからぬのだが）ひきかえにするわけにもいかない。湯の中に身をひたした瞬間のジーンと痺れる快感を代償に、からだを洗うという楽しくもない労働が待っている。湯の快楽など、ただぼーっとしていることの贅沢や、片っ端から忘れていく読書の醍醐味にくらべ、はるか劣る。

まあ、どうでもいいかと思いつつ、風呂の中で顔を洗う。十分位前は、洗面所の冷水での洗顔だったが、こんどは熱いお湯でジャブジャブである。それにしても今日は、なんという悪日か、と思ってみる。今のところ、まったく脱出の方法がみつかっていない。明るい気分のまま、途方に暮れているだけで、いたずらに顔を洗うしかない。

本は、なぜ増えるのか。買うからである。処分しないからである。したがって、置き場所がなくなる。あとで後悔すると知りつつ、それでも雑誌は棄てる。大半は役に立たぬと知りつつ、単行本を残してしまう。役に立たぬという保証はないからだ。仕事をするかぎり、この未練はついてまわり、ひたすら本は増えていく。

永代橋のたもとのアパートに引っ越してくる前は、芝の赤羽橋のたもとのビルの一室に住んでいた。そこでも本のラッシュで、今と同じように部屋の中を歩くのにさえ、ずいぶんと難儀した。愛書家の自然増加なら、それなりの時間がかかる。「物書き」は、元愛書家でありえても、もはや愛書家たりえない。いわゆる「資料もの」といわれる仕事をするようになってからは、ねずみ算式に増殖していく。

「資料もの」というのは、私の場合、過去の歴史にかかわるもので、たとえば「中国の食客」とか「フランク・ロイド・ライト」とかいう「テーマ」が自分の中で発生すると、ぽつりぽつりと関連の本をあてもなく買いつづける。十年二十年たっても、集中して資料集めしているわけでないので、二百冊にもならないが、これくらい読むとそれなりに考えがまとまってきて、まず仕事としての機が熟してくる。

見切り発車してもよい汐時《しおどき》である。ところが、いざ仕事を開始するの段になると、一面、まったくそれらの資料は役に立たない。役立てては、その仕事がお粗末な結果になると、経験から知っている。自分の世界にテーマを引き込むためには、それらは切り棄て資料となる。それまでに手にはいらなかった基礎資料の問題もいらだたせるが、もっと重要になってくるのは、むしろ関連資料である。

こうなると、無限大の増殖世界である。基礎資料、重要資料を生かすのは、むしろこれらの関連資料、こそなのである。この世の中は、有機構造であるから、すべてが資料となってくる。そうなれば、地獄である。むかし、ナチスの宣伝に興味を抱き、四冊の本にまとめたが、終ってみると、やはり数千冊になった。切りがないのであきらめたから、これでとどまったともいえる。この「あきらめ」の頃合いが、テーマの個性によって違うので、定則がなく、なんとも難しいのである。

直接、ナチスの宣伝についてのみ語っている資料は、いくらもない。ナチスのみでなく、また時代を問わず、世界各国の政治宣伝の資料に収書の幅を拡げていっても、さほどの数にならぬ。だが、ナチスの宣伝の本を自分の著作としてまとめあげるには、ナチス・ドイツにかかわるもの、ピンからキリまで、すべてが資料となってくる。ナチス下の女性の化粧、ナチス下の競馬は、どうなっていたのか。切りのない無間地獄へと落ちこむ。日独伊三国協定を結んだ日本の影響は、いかん。そして宣伝と人間の本質的な関係にも、触手は及んでいく。人によっては、ちがうのだろうが、私はこういうやりかたしかできない。

お前は、豚か（豚に悪いが）と思う。そうだ、豚だと自分で答える。お前はマンガか（マンガは大好きだが）と問えば、そうだ、マンガだということだまが、かえってくる。お前はゴミか、もちろんと答える。お前は、人間のクズか。もとより大クズだ。これは、胸を張って、言い切れる。

かりに資料三千といえば、ただの数字であるが、それを量として考えると、おそろしき物塊と化す。「塊」の漢字には「鬼」が入っている。狭い空間になんとか場所を見つけて、それらがわだかまっているさまは（仕事上、散らしておいては不便なので、ひとかたまりにしておく）、まさに息をする物の怪（塊）である。きちんと書棚に並べて収納しておけば、よいに決まっているが、そのような空間の余裕がない。あらゆる場所が、彼等鬼たちの仮の住い、合宿所となる。

書棚は、もとより部屋の壁のすべてに張りめぐらされている。棚は、背文字が見えるので、目的の本をとりだしやすいが、見てくれのこけおどしに反し、案外と冊数を収容できない。棚のすきまは、すべて埋め尽され、前部のスペースにも二段がさねされるので、奥の本は姿を没し、背文字が見えなくなる。たかが「三千」でも、きちんと背が見えるようにするためには、かなりの広い壁のスペースとそれを置く書棚の数を必要とする。

そんなことは、不可であるから、どんどん本棚の前の余白を利用して、「床積み」にしていくしかない。これは、かなりの量のさばける方法であるが、いずれ限界の時を迎え、寝る場所もなくなる。それがいやなら、仕事替えして本の世界と縁を切るか、一仕事を終えると、思い切りよく売り払うしかない。私は、いかなる本にも愛情《おもいで》があるので（一冊一冊、苦労して手にいれたものなので）、そんなことはできないし、あとで必要になって、かならずベソをかくのも目に見えているので、すべてをかかえこむ。

赤羽橋のビル時代（いくつものオフィスが入っていたが）、泥棒に入られなかった部屋は、外出の際、鍵をかけ忘れる不用心の私だけである。読書家の泥棒でないかぎり、むさくるしき本の風景に接しただけで、もう腰を抜かすであろう。まあ、本を盗んでもしかたがないというより、上手に売る才あれば、かなりの金になるはずだが、そうする選別の能力がまずない。梱包・運搬の手間がかかる。いくら下見しても、トラックをもってやってくるわけにもいかず、こいつはダメだと敬遠したのだろう。

世にいう「生活」などとは、とっくに無縁となっている

やたらと本が増殖するようになったのは、「資料もの」をやるようになったからだとさきに述べたが、他にも理由があって、「読書人」でなくなったからである。物書きは、学者もふくめて、「読書人」といえない。

むかし、まだ「読書人」であったころ、けっして本を踏んだり、またいだりしたことはなかった。ところが床積みするようになってから、おそれ多し、と思ってなどいられなくなった。床に転っている本なども、ボンボン足で蹴っとばすようになった。はじめのうちは、（ウッカリと）蹴ってしまったり、（エイッと声を出して）股《また》いだり、（スマンと小声で）踏んづけたりしていたのだが、そのうちそんな殊勝なこと言っていられなくなり、邪魔だ、そこをどけーと本気で蹴りあげたりするようになった。そのたび本は、痛そうな顔をするから困る。そのうち、蹴られて嬉しそうな表情をするようにもなるから、やりきれない。

この狼藉《ろうぜき》三昧への罰であるかのように、とめどなく本が異常繁殖しだした。蔵書狂の人は別とし、読書が趣味なら、こうまで増えない。「物書き」として、たしかに朝から晩まで、本を読んでいるものの、あくまでなにを書くべきかのイメージ資料として読んでいるのであって、読書人（趣味人）をやっていられなくなった結果の惨鼻《さんび》なのである。他の職業が別にあっての趣味の読書生活は、とうに破綻している。

資料調べは、それ自体が、書くこと以上に楽しい。が、しばしば役に立つかどうかもわからぬ資料の入手のため、たえず破産寸前に追いこまれる。ひとたび「歴史」という虚構の大海に棹をいれると（三十前後から、そうなった）、収入の七割がたは、本代に消える。異常に過ぎる。いっこうに古本屋の借金は、減らない。「資料もの」をやりだした罰である。

死んだ父は、なにかのレポートらしいのだが、息子の職業欄によほど困ったのか、「趣味で生活している」としていたのを見て、唖然としたことがある。作家とか評論家としなかったのは正しいが、もはや趣味でもありえなくなっているのだ。

私は、これまで一度も作家であるとか評論家であるとか、自称したことなどない。自分では「物書き」としか言ったためしがない。ただ問われると、どうでもよい、まかせると黙認しているので、いかなる肩書きをつけられても、文句を言わない。実際は世にいう「生活」などとは、とっくに無縁となっている。もし趣味で、奇蹟的に生活が可能ならば、やはり「生活」のうちであるが、そうはなっていない。まあ、どしがたき平成の遊民ではあるだろう。

むかし、芝の赤羽橋から永代橋へ移動するに当り、文明機具（冷蔵庫・テレビ・ステレオ、みななくても生きていられる趣味の機具）は、すべて棄てた。タンスはもちろん、机椅子まで棄てた。趣味の読書人には、文房の道具は大切なものだが、「物書き」には、必要がない。まあ、机がわりぐらいにはなるかと、コタツを兼ねたマージャン卓を残した。

スペース確保、わが家の大居候である「本」殿たちを優遇するための処断である。優柔不断な私にして見れば、でかしたというものである。新しい住居にめぐらす本棚の中に背を見せて埋る分量の本以外は、田舎へみな待避させた。いろいろな意味で、この別離は、不幸を生んだが、そのことについては、今のところ書く気がない。二分割の選択基準は、とりあえず仕事上の「当面の使用」に置いたのだが、そうは都合よくいくものか。

あらたに部屋をさがすにあたっての必要条件は、壁面確保のため、窓がすくないこと。光りを求める生活者の願望と、正反対である。うまい具合いに建築上の間取りの関係で、廊下がやたらと長いスペース（廊下だけで一部屋分ある）マンションが見つかった。ふつう、これも嫌われるところのものだが、私にとっては好条件で、廊下だけでも本棚七つは置けると踏んだ。本に追いこまれているともいえる。だが、心は「余分」な生活の道具を棄てたので、軽くなっている。息抜きによいテレビも、もう観ない決心をしたのである。

壁面を占める本棚は、二十一個分。上下二段の下駄箱には和本を積み上げ、二つの納戸には、背の高い美術書の類をいれることにした。予想通り、東京に残した本だけで、すべての棚は埋った。あらたに買う本は、二段積みにして本棚につめこんでいけば、七、八年は、床に積みあげなくても、なんとかなるだろう。本を蹴りあげないでもすむと踏んだのは、おろかである。

昭和から平成にかわって、私も五十代に突入した。漢詩人で書家であり、なによりも政治家であった副島種臣《そえじまたねおみ》の評伝を本格的に書こうと思いたち、資料集めに入った。彼は長命だったので、資料をさぐる幅も広く深くなり、時代としても江戸から明治いっぱいにかかる。しかも私の構想としては、「世界」に立つ副島種臣の姿を描きたい。

彼の詩には、たくさんの名前が出てくる。ほとんどがそこらの人名辞典で調べても、出てこない。それをさぐるのは、容易でない。今でも二割位、不明のままであるが、よくしたもので、雑本の類のどこかにその事蹟が隠れている。それは、地獄の認識（もちろん、快楽でもある）というべきで、かくて本は、ねずみの大群の如く、わが部屋を襲いはじめた。

お孫さんの副島種経氏にお逢いした時、伝記をやると、破産しますよと心配そうに仰言《おっしゃ》られた。はじめから破産してますからと答えたものの、加速して集ってきた本は、どんどん床積みにされていった。

そのころ、ほとんど同時に、中国文化大革命をナチスと同様に宣伝の見地からするという仕事をはじめていた。時代が新しすぎて、最初は資料不足で困っていたのだが、第二次天安門事件以後、それこそビッグバンの大爆発で、当時の体験を語った本がおびただしく出版されはじめた。嬉しい悲鳴とは、このことである。

ナチスとは、なにか。宣伝である。太古のむかしから宗教はみなそうであるが、共産主義を目指す社会主義の国家も、存在のすべてが宣伝なのである。宣伝は善である。大善である。宣伝専門の本はほとんどないが、本（出版物）あるかぎり、宣伝ならざるものはないといえる。なによりも主義に生きることそのものが、宣伝なのである。

文化大革命中の新聞や出版物は、ＰＲも娯楽である資本主義下の国民の目からすると、空虚な宣伝物にしか見えない。紋切りで、ひとつも面白くないが（面白さへの期待は、プチブルであると批判された）、私が知りたいのは、その空虚の裏で、躍り躍らされる人間たちのなまなましさで、その意味からも、天安門事件以後のおびただしい出版物の中で、文化大革命にからむ書物は目が離せない。中国共産党の独裁下であることに変りはないから、まだまだ内容は抑えられている。とくに写真がそうだ。

たかが本積みも、やや技術の問題になってくる

当然の如く、二つの資料で、本の数はふくれあがり、所狭しと床に山積していく。それに加え、私は根が欲ばりだから、未着手のテーマが山積しており、いつの日かの当てのならぬ日のため、その資料も集めておかなくてはならぬ。怠ると、あとで取り返しがつかなくなる。

長い廊下は、入って右側へ本棚を並べたので、狭くなっていたが、さして歩くのに困らなかった。ところが大きな資料ものの仕事が、好運にもかさなったため、廊下の本棚の前へも、積み上げる書物が何段にも重畳しだした。あいていた左側の壁もつぶしはじめる。廊下も、かろうじて通れるかどうかの狭い小道となっていった。

床積みにあたっては、横組みになって見づらくなるが、なんとか題字が見えるようにと積みあげる。五十センチぐらいの高さまでなら、めったに崩れたりしない。必要な場合、

手で抜きとることもできる。崩れる場合は、本の大きさが、一定していない時である。ただし一メートルぐらいの高さに積みあげると、その一定していることが、かえって危険になる。

そばをひんぱんに歩くため、すこしずつ本がずれ、いつか突然として前倒れしてくる。ましてや必要があって、その山から一冊の本をたくみに抜いた時が危険である。その時は、なんとか崩れなかったとしても、必ずやズレは生じていて、なにかの拍子でドッと崩壊する。

なんとかじっとしていて貰うためには、逆に本の大きさをいろいろ変えて一種の重石《おもし》をしなければならぬ。まるでレンガ積みの大工になったような気分で、たかが本積みも、やや技術の問題になってくる。重石には、部厚くて小さい本がよい。

床上に積みあげる本は、高さだけでなく、横の問題がある。孤立して、一メートルの高さを維持しつづけるのは、むずかしい。左右の横のささえが必要になってくる。その材料集めに苦労することはない。本は激しく増殖をつづけているのだから、ほっておいても、横へやってきて並ぶ。

もちろん横ささえの積みあげかたにも、それなりの技術がいる。几帳面に同じ大きさで揃えては、ならない。左右の高さにも、ばらつきがあったほうがよい。そうしないと、すぐにお辞儀して、前倒れになってしまう。

山脈をなす山々の標高が、バラバラなのには、それなりの理由がある、と知る。火山爆発などで、偶然、そうなったというより、おそらく自然界は、厳しく均衡を保ちあうため、そうなっているのだ。

横のささえは、互いの列を律儀にくっつけあうだけでは、不十分である。相互にもたれあったほうがよい。ある部分は左へ、ある部分からは右へとジグザグにもたれかかる。支えあえば、前倒れを防ぐことができる。後倒れは、まずない。本棚や壁で、後ろは支えられているからだ。

全体のかたちとしては、電車の座席にずらっと腰かけている人間風景を想い出せばよい。中には居眠りしているものも何人かいて、右か左の人にもたれかかっている。その重量に耐えかねて、もたれかかられている人も傾いてしまえば、眠っている人も横倒しになる。それがわかっているので、渋い顔して、時に相手の顔を睨みつけ、垂直の姿勢のまま座りつづけるしかない。これが、バランスというものである。

だが、限度はある。積み上げは、五十センチ前後の高さがリミットなのに、あらたに増えた本をその上へ、まだ大丈夫とつい積みかさねてしまう。そうなれば、累卵の危うき状態になっている。袖がぶつかっただけでも、前倒れする。上部のみが落下する時は、まだ明るい音をたてているが、下部から根こそぎに倒壊する時は、ドドッと地響きをたてる。本は、重いのである。

積みあげの技術が高まるのも、考えものである。なまじ技術に自信をもつと、己れの身長（百七十四センチ）の高さまで、みごと積みあげてしまう。今では、ほとんどそうなっている。これは、大矛盾である。その中にどうしても必要な本があった場合、抜きとらねばならない。下層にある場合、上部の本を積みおろししなければ、取りだすことができない。その時、左右の本との均衡が崩れるので、積み直しのことを考えると、憂鬱になって、手だしできなくなる時もある。そうなれば、なんのための蔵書か、なんのための資料ぞ、である。

私が風呂場に監禁された時、私の資料群は、まさにそのような険悪な状況下にあった。浴室へのドアに面した廊下の前はもちろん、すぐそばの左右にも、本がそそり立っていた。

廊下の端から風呂場の入口まで、しかも肩ぐらいの高さにまで、本は積みあがって、長い一列をなしている。これは入って左側だが、右側は本棚の背もたれがあるので、私の身長をこえて天井まで本が積みあがっている。

たとえば宅配便で送られてきた全国各地の古本屋からの包みを玄関の向うの外で解体、本を胸にいっぱいかかえこんで、家の中へ入り、廊下を歩くとしよう。もし重心を失って、よろけそうになった時、左側が空白の壁でさえあれば、からだごとそこへ避難し、本がドバッと胸から離れて、宙に飛ぶのをオットットと叫びつつ、なんとか防ぎとめることができる。この空白の壁も高らかに古本で埋まったとなれば、もう避ける場所がない。

白壁の時のままなら、なんとかなったのに、こんどは、たよりない本の壁にぶつかることになるわけで、もろく崩れ散るのは、必定《ひつじょう》である。高く積みあげすぎることの非は、土台のしっかりしていない柱のようなもので、とりわけ上部をすこし触っただけでも、すぐに泣き崩れる「お嬢」である。

もっとも困るのは、このお嬢に同調して、横並びしている他のお嬢たちも、ギャアギャアと泣きわめいて崩れることだ。元へ戻す「積み木作業」は、容易でないので、かりに二十冊の本であるなら、三回にわけて運ぶぐらいの用心が肝要である。これがむずかしい。どうしても、一気にやってしまおうと欲ばる。

わずか数ミリしか動かぬ

さて、本の崩壊で風呂場に監禁されてしまい、やむをえず風呂に入った話に戻れば、湯の中で、脱出の名案が浮んだわけでない。トイレの中で、名案が浮ぶという人の話をよくきくが、私は一度も経験がない。お風呂の中で名案が浮ぶという人もいる。これまた経験はないが、ひとつためしに中へ入って考えて見ようか、とためしたことは、これまでにもある。たいていは、湯につかるや、そう考えたことすらすぐに忘れ、あれこれ妄想をはじめる。それも自分が意識的に妄想しているわけでなく、勝手にはじまり、どこで終ったかも、ふたしかである。そのうち、名案をひねりだそうという動機さえ忘れてしまっている。

ともかく私は、むだと知りつつ、風呂場を出て着衣を終えると、すぐドアの前へ行って、渾身、からだごと押して見た。さきにチラと動いたという幻想があり、その時もやってみて、すぐにあきらめた動作だが、念のためである。なかなかにしつこい。百七十四センチ、五十キロ少々、卑弱であるが、「えい！」と声をだして、ドアにからだごとぶつけた。その時、またも心なしかドアのはじが数ミリ動いたような気がした。が、そうありたしという願望がありすぎてそう感じたにすぎぬと、すぐ打消してしまう力も強い。

この微動がたしかであったとしても、けっして光明でありえない。数ミリ動くことによって、ドアのそばの本がすこし前へ送りこまれたにすぎず、かえって閉されたというべきなのである。すこししか開かないのは、この扉の前のみならず、反対側の本棚のあるところまで崩れた本で埋っている「しるし」である。もし、崩れた本と本棚の間に、すこしでも余地があるなら、ドアを押した時、そこへ散った本は移動するはずである。ならば光明であるが、わずか数ミリしか動かぬというのは、私の透視通り、ドアの前の廊下全体が、崩れた書物で埋め尽されていると、見なさなければならぬ。早くドアを開いて、この密室から脱出したいはずなのに、悪い方向にばかり考えている。

それでも、ふと思いついたことがある。猫好きな隣りの部屋にひとりで住む老婦人（品のよい老美人である）のことである。顔があえば挨拶するだけで、仕事はなにをしているのか、さっぱりわからぬものの、いつも帰宅が遅い。

　彼女自身もシャム猫を一匹飼っているが、真夜中に外へ出て、しばしば近所の野良猫に餌をやっている。いつもブツブツ呟いている。それは、太った栄養十分の野良猫たちと会話をかわしているのだろう。私も真夜中にカン珈琲やお茶のボトルを自動販売機で買うため、たびたびマンションの外に出るが、肥満体の野良猫たちとしゃがみこんで交歓している彼女の姿を、なんども見た。

「今晩は」と声をかければ、見られたかという風にすこし恥しそうな表情をし、「野良たち、可哀想でしょう。うちの猫が余した分、棄てるのが、もったいないから、みんなに食べてもらっているの」と言い訳する。

　太りすぎたバブルの野良猫など、可哀想でもなんでもない。私が夜でも携帯する癖のコンパクトカメラを構えても、集団をなして餌あさりしている彼等は、けっして逃げたりしない、スフィンクスのスタイルで、どっしり座ったまま仲間を警護しているボスとおぼしき猫などは、こちらを妖眼でじっと睨みすえる。こちらも負けじとボスを睨み返す。まあ、深夜の遊びだが、向うのほうが根負けして、汚い白いあごをあげて、虎のように吠《ほ》える。この威嚇、なかなかに憎らしい。

　このマンションは、一応、防音装置が施してある。それでも壁ごしに隣りで掃除機をかけている音がきこえてきたりする。老婦人のオシッコの音もこれまで壁を隔てて、何度か聴いた。なかなかに鋭い角度をもった激しい音である。まだまだ元気な証拠だが、こちらの脱衣室と壁一枚隔てた反対側は、ちょうど老婦人宅のトイレに当る。

ということは、壁越しの会話などできないが、こちらから壁を強く叩いて、彼女にSOSの信号を送れる可能性もあるなと思いついた。

しかし叩いたぐらいで、SOSを私が発していると気づくだろうか。なんだろう、ぐらいは思うかもしれないが、すこし首をかしげて、それで終りということもありうる。

もし幸運に気づいたとしても、私が風呂場に監禁されていると想像できようか。どうも無理のようだ。第一、彼女は私の部屋の見取図が頭に入っていない。それでもあまりに強く叩くので、不審に思った彼女が私の家へ立ち寄ってくれないとは、必ずしもいえない。こんどは、逆に虫のよいことを考えはじめている。

私は在宅の時、内鍵をしないたちなので、いつもドアは開いていて、ノブをまわせば彼女は中に入ることはできる。ただ玄関に立つや、廊下へ累々と散乱した本（棚に入れたり、床積みしたりすると、たいした量でもないのに、いざ散らばっている時の本の形相はすさまじく、その数も膨大なように人は想えるだろう）の姿を見て驚き呆れ、コソコソとひっかえしてしまうかもしれない。これは、悪い方向の空想である。すぐに空想の方針をかえる。

もし玄関のドアを開く音が、きこえてきたなら、その時は、風呂場のドアを鐘の如くドンドン打ち鳴らそう。声も出そう。そのただならぬ気配を感じとった彼女は、勇を鼓して、廊下へあがりこむことを決心し、声や音のするほうへと近づいてくれるかもしれない。「どうかしましたか」と呼びかけながら進んでくるかもしれない。そうならば、なお私もドアを叩きつづけ、「助けて」と叫ぶこともいとわぬつもりだ。

でもなあ、とここでまた水を差すような妄想が湧いてくる。老婦人は、廊下の途中から山崩れして、散らばっている本をどのように処理しながら、ドアのところまで近づいてくるのだろう。いちいち本をかたづけながら、前へ前へと進んでくるのだろうか。それとも大胆に本の上を股ぎ股ぎしてであろうか。彼女、痩せている故に強健そうだ。本の散乱状況にもよるが、もし横着して彼女が、仰向けに開いた本の上を足で歩いたりする図を空想すると、ゾーッとなる。最近の本は、ビニールコートをかけているので、よく滑るのである。滑ってワーッと叫びながら転び、もし骨折でもしたら、コトだと考えたりもする。

少年時代に冒険小説を読みすぎたせいか、妄想がつぎつぎと湧く。監禁、落し穴、そして危機一髪の脱出は、冒険小説になくてはならぬお膳立てで、その工夫は作者たちの腕のふるいどころである。

それにしても、彼女は何時に帰ってくるのか、これからどの位の時間、待っていればよいのか、予想もつかぬ。今、いくら老婦人の帰還とその救援をあてにしてみたところで、どうにもならぬ。そう考えると、急におなかがすいてきた。この日は徹夜で、昼ごろまでシコシコと原稿を書いていた。書き終ったものの、一種の興奮状態がつづいていて、そうなると、すぐ眠れないたちなので、食事もとらずにそのままフラフラ起きていたために発生したマンガのような事件なのである。

「本」たちのいたずらで、自動的に監禁されてしまった浴室には、当然、食べ物などない。かわりに水は、たっぷりとある。まずい水道水だが、腹はしのげる。毛筆や墨や硯《すずり》がないのは、はなからわかっている。ならばボールペンはないか。いつも入っているはずのズボンのポケットをさぐってみたが、ない。すこしあわてたが、洗面台の鏡の下にチビた鉛筆が一本転っていたので、なさけなくも破顔した。これさえあれば、なんとか時間をつぶせる。頼まれたまま、ほっておいてある短い文章を書きあげるつもりなのだから、笑ってしまう。

うまいことに原稿用紙もある。出版プロダクション「可成屋」の社長金成君から貰った特製の原稿用紙が束になって、脱衣室の片すみにあった。彼の会社の原稿用紙だが、ワープロ時代に突入したため、私が独占して使っている。

灰皿もあった。紙である本がありすぎる空間なので、殊勝にも万一を慮《おもんぱか》って部屋の処々《ところどころ》に灰皿を配備している。風呂場には、二個もあった。ところが、タバコがない。それでもズボンのうしろポケットから、つぶれたピースが一箱出てきたが、中をあけると、たった一本しか入っていない。しかしその一本を「大事そうに」吸おうにも、火をつけるライターがない。私はヘビースモーカーだが、なければないですむという愛敬のない特異な体質である。これはすぐにあきらめた。

本なら、十年かかっても読み切れぬほど、脱衣室に険しい山を作っている。立っていられる場所もないほどだが、すこし本を整理して低い山をつくり、その上に腰かけて読書を楽しめばよい。これでひさしぶりに「読書人」に俺も戻れるか。

どうも、さきほどまでと違って希望、希望へと頭が働いていくのも、気にいらないが、しかたない。といって脱出の名案は浮ばない。隣家の老婦人が、いつ帰ってくるかわからない。とりあえず本でも読むか、と思い立ち、なににしようかと物色しはじめる。

「ふと」の連鎖

床に積みあげてある本の群は、ランダムに見えても、私なりに整理されている。小学校中学校の時代、郵便切手のコレクションに夢中になったので、それがけっこう役に立っていて、こう見えても、分類癖がある。この洗濯機を置く場所のある脱衣空間を埋めている積みあげ本の群にも、おおまかながらそれなりの分類がある。まず信長秀吉家康関係の一群がある。水戸学関係の一群もある。北一輝の著作やその研究書を積んだ書群もある。処刑に際し、兄貴の頭の中がどうなっているか、解剖してくれと軍部に申しでたという弟北昤吉《れいきち》の著作も、かなり混じっている。今は、一輝より戦前戦後と、国会議員にもなったこの昤吉の存在に魅かれている。

なにを読もうか。読書の快楽を忘れて、時久しい。今日はなにを読もうか、そう考えるだけでも、ウキウキした十代のころが、なつかしい。私は、ひとまず松崎実の『殺生関白行状記』と続日本史籍協会叢書の『遠近橋』の二冊を本の山の中から、ソーッと抜き取った。これにも工夫の技術がいる。力の入れかた次第で、本の山全体が、グァラグァラと耳をふさぎたくなるような大崩壊につながる。これまで何度、唇を嚙んだことであろう。まあ、この日は、うまくいった。

『殺生関白行状記』は、よく秀次のことを調べて書いてあるが、エログロナンセンス時代の刊行で、妖しさ満点の伝奇小説である。歴史書専門の古書店の出す通信販売の書目を見て、買ったものだが、なんと開いて見ると、小説であった。

その時は、がっかりしたが、いざ読んでみると、無類に面白い。松崎実という人のことは、よくわからない。キリシタン関係の研究もあるようだが、これほどの腕達者が、無名のまま埋れているのかと、手に入ったことを大いに喜んだものである。もう一度読み直してみるかの気をおこした。私は速読家なので、おそらく一時間そこらで（私は時計を三十の時からもたぬので、腹時計だ）読み終えた。

つづく『遠近橋』は、桜田門外の変で有名な水戸藩士高橋多一郎の編著並びに自記である。いま少し水戸斉昭の「書」に興味があるので、関連資料として買っておいたものだ。

こういう時（この監禁状態のことだが、一種の孤島体験でもある）の読書としては、案外と漢文脈の六百頁に及ぶ文章のほうがふさわしいかも知れぬと、脱衣室の本の小山にペタリと腰をおろして（すこし揺れるが）、この本をペラとめくってみる。開いたところが、三百十頁。次のような文句が飛びこんできた。こういう読み方は、一種の占いに近いが、なにか面白い記事が必ずやある、というインチキ信仰が私にある。こういう読書法は、ふだんの速読本位の資料読みでも、よくする。

「……文武衰微、武器質入《しちいれ》、美服、士風柔弱云々《うんぬん》、御歎《なげ》き御尤《ごもっとも》至極《しごく》、併《しかし》右は、どふでもよろしく、大本《おおもと》が通り候へば、文武も何事も起り可申《もうすべく》候。そんな小事へは御気を揉み被成《なされ》まじく候様、御申聞が宜《よろし》く候とて、げた／＼笑はれました……」

　この「げた／＼笑」ったのは、いったい誰であろう。幕府に隠居を命ぜられた斉昭の名誉回復のため、幕閣に掛け合っていた高橋多一郎ではあるまい。

　彼こそが、だれかに笑われたのだろう。とかく漢文脈の文章は、しばしば主語が省略されるので、わかりにくくなる時がある。いや、和調の雅文もそうである。そもそも現代でも、人間の会話をきいていると、ほとんど主語が省略されているではないか。それでも、ほとんど誰のことか誤ったりしない。ところが、文章の現代文では、やたらと主語はなにかがうるさくなる。その悪習のため、このような主語があたり前のように省略されている漢文脈の文章にぶつかったりすると、カンが悪くなっていて、日常会話の時のようには理解しにくくなってしまうのだ。

さて、そんなことに思いを馳せながら、この『遠近橋』の前の方から読み直そうかと思った時、ふと入口のドアに目がいった。十冊ほど大き目の本を積みあげて椅子がわりにして座った位置からの視線なので、自然、ドアの下方を斜めに直撃した。脱衣室の敷居とドアの下底との間には、(これまでのわが困惑をあざ笑うかのように、あるいは褒美でも与えてやるといわんばかりに)、なんと二センチ位の隙間があったのである。十数年、まったく気づかなかった。

もちろん、隙間が発見されたからといって、ドアが開くという保証は、一かけらもない。廊下の状況が、私が想像している通りであるなら、なおさら開きようがない。

ただ、チャンスが開かれるかもしれぬと、当って見るだけの価値はある。『遠近橋』によるページ占いでは、「そんな小事へは御気を揉」むなとあり、「げた〳〵笑はれました」とある。さして気は揉んでいるつもりはないが、やはり気を揉んでいたともいえる。ここは素直にその言葉を受けとめて、このわずかの「隙間」をだしにして、すこし遊んで見るだけの価値はある。よしと、急に元気がでてきた。

さて、私が、まず思いついたのは、その穴の中へズボッと指しこむべき棒のようなものが、この浴室のどこかにないか、ということであった。そうだ、歯みがきのブラシがある。なるほどそれは、隙間の穴にスッポリはいるが、外でドアを塞いでいる大量の本を動かす力などあるはずもない。ためして見る必要なし、と断じた。

その時、また「ふと」思いだしたのは、三十年ほど前、ある人から旅の土産として貰った「湯掻き棒」である。

「ふと」の連鎖は、御都合主義に思えぬこともないが、これはおそらく人間の体内（心内）に装置されている生命機構からの指示なのである。すくなくとも私は、これまで、この「ふと」に動かされて生き永らえてきたと思える。「ふと」は、「魔」の時でもあるが、いわば私の神である。この「ふと」が私に自殺を命じたとしたなら、素直にハイと従ってもよい。

この、「ふと」思い出した湯掻き棒は、これまで珍重してきたわけでもない。あまりにお湯が熱すぎた時など、気まぐれに用いてみるだけで、今日、気を鎮めるために「昼風呂」に入った時も使っていない。にもかかわらず、本以外のほとんどのものを棄てて、赤羽橋から引越して来た時、わけもなくこの湯掻き棒を残すべく決断しているのも妙である。しかも私は風呂嫌いなのにである。これも「ふと」のなせるわざか。人に貰ったものなので、「ふと」気がとがめたのだろうか。

どこにあるのだろうと私は、ひとまず浴室へ探しに出かけてみた。見当らない。ぎっしり脱衣室を埋めている本の下にでも隠れてしまったのか。それは、ありうる。ならばよし、さっそく本を片付けてさがして見よう、という気には、この追いこめられた場面に至っても、その労を思えば、とてもでないがなれやしない。

本の山をよけて調べてみるには、いったんそれらを退避させるだけの余場が必要である。そんな余地はありやしない。どうしてもという段には、いったん風呂場にでも、それらを移動させるしかない。一風呂浴びたばかりなので、まだ湯気が立っている。本が、びしょ濡れになるのは、必定である。

いやだね、他の手段を考えようと思いながら、「ふと」脱衣場の片角《かたかど》を見やる。なんということだ。そうはさせじとばかり、そこにあの「湯掻き棒」がひっそり立て掛けられているではないか。私が『遠近橋』のページを「えい、やっ」と開いたところから、なんと三十センチも離れていない。燈台、もとくらし。「よくある話だけどね」と、ホクホクした気分が、体中を駈けめぐるのが、わかった。

すぐ私は、その湯掻き棒を手にとった。よし、これさえあれば、脱出できるぞと、能天気にも固く信じこんでしまっている。湯掻き棒の先っぽには、長方形の小板がついている。この部分で湯を掻きまわすのである。ドアの下底にある隙間には、そのTの字の板は、大きすぎて入るはずもない。「ふと」、よしと肯《うなず》く。逆を用いればよい。湯掻き棒の後尾部分である。小さな正方形の棒状になっている。これなら大丈夫だ。すぐに横長の狭い穴の中央部へ、それを突っこんで見た。

ビシッと緊《しめ》るように棒が穴へ入った。左右に動かして見る。扉の向うで本は動く様子もなかった。が、わけもなく大丈夫、と思い、ズボッと抜き取るや、こんどは、ノブの近くの穴の位置へ再びさしこんだ。

　本の横幅は、ほぼきまっている。さしこんだ棒の先で本の端っこがもしとらえられるなら、それをドアの左向うへはじきとばすことができる、左には、本はさして崩れ落ちていないはずだというのが、私のあて推量であった。

やれやれ、「イノチ拾い」したものの

　わが湯掻き棒は、兇暴《きょうぼう》な力を発揮しはじめた。むりやり私はしゃがみこんで（狭いので、お尻がうしろの本の崖にぶつかるので、危険であったが、ままよである）、穴にさしこんだ棒を水平になんどもなんども強振した。まもなく棒に当った本が廊下を滑って、台所のほうへ弾《はじ》き飛んでいくのが、手応えとして小気味よく感じとれた。穴の向うの位置に面していた本が何冊かふっ飛ばされて、その真上の本や近くの本も負けじとあらたに湯掻き棒の上へのしかかってくるのが、その重味から察せられるものの、たいした量ではない。また棒先で、かっぱじけばよい。（まあ、物理的には、一瞬、空間ができてしまったので、必然的に周囲の本が落下してきた、ということなのだが）。

　まるで子供に帰ったかのように、棒先にひっかかる本を、エイッエイッと声まで出して湯掻き棒の後尾を使って左へはじき飛ばした。そんなことを数十度、繰返すうち（多分、二十数冊分は、ドアの前から姿を消したはずだ）、もうこの位でよかろうと、立ちあがる

と、ノブをまわし、力をこめて押して見た。すると果して、ドアが、いやいやというふうに媚態の腰をふって、いささか抵抗するふりをしながら、二十センチくらい開いたのである。

私は、やせている。これだけドアの口が開けば、わが身をくぐらせるのに十分だと思った。

四五人の友人たちと一台のタクシーへムリヤリ乗りこむような時、大抵、私は運転手の横の助手席に座らされる。時に助手席へ二人ということもある。私がやせている上に、心理的にも身を縮小させる「魔術」をもってると信じているので、それが可能なのである。

この伝でいこうと、わが身を斜めにしてドアの狭い縦穴へねじこんだ。やっと半分入ったという感じで、顔もこすれて痛いほどだったが、心なし身を縮めながら、ぐいともう一押しすると、スルッと向う側へわが肉体は抜けて出た。

脱出成功! 他愛なく嬉しかったが、廊下を見渡すと、予想通り、惨たる光景であった。白壁沿いの床の上へ積んであった本は、ドアの前の本が崩れた時、伝染したのか、みな前倒れして廊下に散乱している。中には本の頁を開いたまま、仰向けになったり俯《うつむ》けに伏していたりする。明治大正の古本も多いので、表紙が千切れたりする。箱入りの本は、落下した時の反動で、その角を痛める。やれやれ、「イノチ拾い」したものの、早くも日常感覚に戻って、溜息がでる。本の整理を考えると、憂鬱だった。

本が崩れる

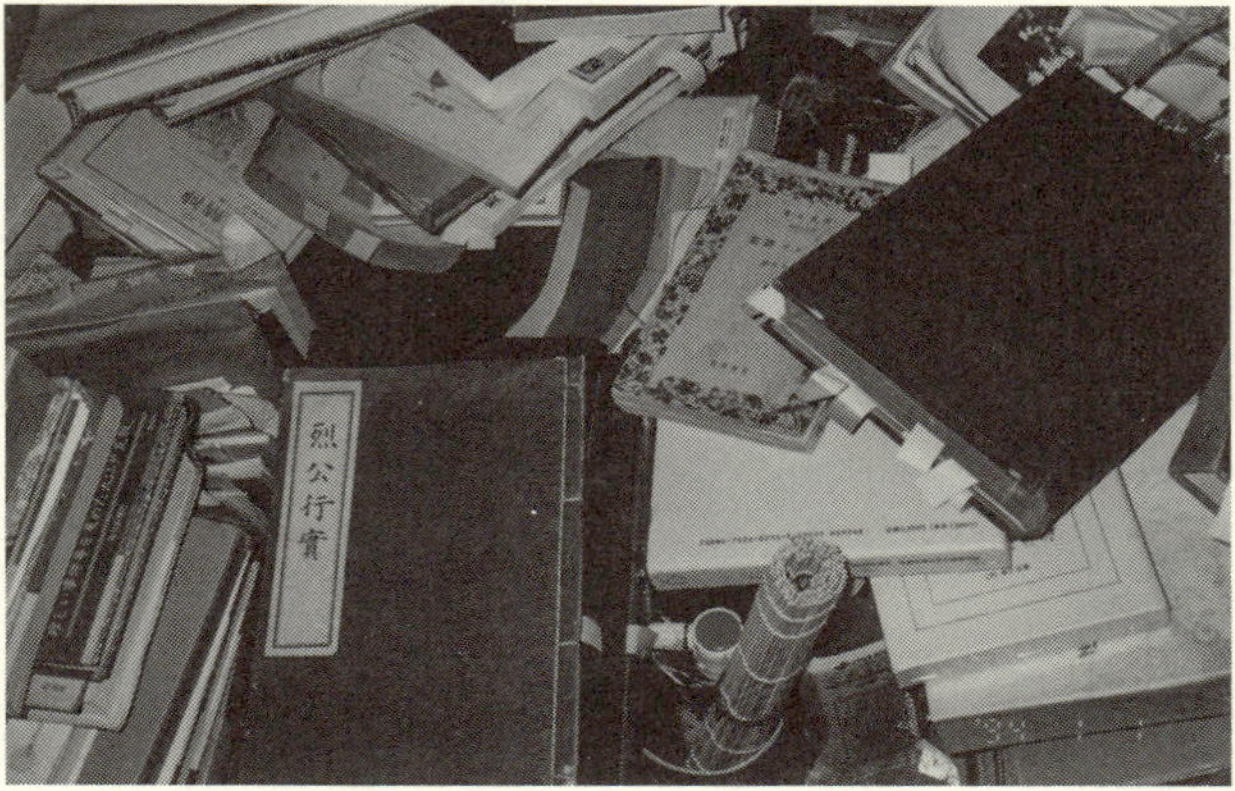
烈公行實

この哀しき武勇談を人に語ってきかせても、「へえ、面白かったね」と気乗りのしない合点頭《あいづち》を打つだけで、本気になど、だれもしてくれないであろう。

ドアの前を見ると、ドア脇に床積みされていた本も崩れていたが、反対側の本も大量に倒れて重なりあい、一つになっている。まるで崖から転ってきた大岩で、ドアが抑えこまれている感じだった。

これではいくら押しても、びくともしないわけだった。ドアの開き口は、たまたま岩塊の山の裾野に当っていたので、脱出成功となったのだ。


「ガタが来た」という奴で、末期症状である

私は、この原稿を毛筆で書いている。一昨年の暮れ、十年ぶりに風邪をひき（五十代は、体調がよかった。性欲が薄れた分、からだが軽くなり、それを老化の完成と名づけていたのだが）、こじらせたあたりから、すこし体調がおかしくなっていった。

まず胸の痛み（おそらくは仕事の過剰）。足の甲の痺《しび》れ（座り机に向って正座するため）。腰痛（本で歩く場所がないため）。そしてケンショウ炎（いわゆる書痙《しょけい》。ボールペンに力をいれすぎる）である。四つもいっぺんに悪くなるようなことは、一度もなかった。これまでの体験だと、一つどこかおかしい時、あらたな病気がでれば、先行していた病気が消える（たとえば、歯痛に悩んでいても、風邪をひくと、それがひっこむ）。この交代劇は、

おそらく健康のしるしなのである。

同時併発は、いわゆる「ガタが来た」という奴で、末期症状である。私の末期《まつご》は、ぼんやりしているので、どうせ事故死（何度もこれまで死にそこなっている）であろうと予測しているのだが、これでは、ごく当り前の病死になるではないか。

寝こむほどでなかった。病院嫌い（子供のころ、あまりにも病院へ通いすぎた）なので、よほど苦痛で耐えられなくならない限り、診察を受ける気にはなれず、それでもなんとか仕事を続けてこれた。

苦痛の時は、苦痛の中に入れば（苦痛そのものになる）、苦痛が消えるという独断的持論をもっているので、たいていのことでは、「病院で診てもらいなさい」という挨拶的一般論に従わない。自己治癒論者である。眠り（眠くなったら寝る）と運動（時に重労働）で、たいていの病気はなおると信じている。まあ、頑固なのである。

手のひらが、真赤なのは、肝臓が悪い証拠、気をつけるようにと子供のころから大人や医者から、さんざん言われ続けてきたが、いまだに生きている。手のひらは、今もお猿の尻のように赤いが、どうやら通俗医学に反し、肝臓は丈夫のようだ。

形容不能の（物書きなので口惜しいが）胸のあたりの痛みは、四十年来のショートピースの吸いすぎのため、ついにわが身へたたる時がやってきて、肺ガンにでもなったのか、とも自嘲したものの、いっこうに止める気もおこらない。体調が悪いはずなのに、おいしい。おいしいからには、まだ大丈夫だ、と突っ張ねるしかない。私にとってピースは、一日七八杯飲む珈琲と同様、栄養満点の毒物である。

ただひたすらに困ったのは、両手の中指の痛みである。キリキリ痛むのではなく、痺れるような鈍痛だ。筆が商売だから、大いに困る。私は、筆圧が強い。それに耐えられる筆記具として、太い芯のパーカーのボールペンを愛用してきた。それが駄目だとわかり、太い芯の鉛筆に切りかえてみた。3B4Bの鉛筆とか。

それでも、鈍痛はやまなかった。利き手の中指のみが痛いのなら、わかるが、使わない反対側の中指もそうだというのは、どうにも納得しかねた。ケンショウ炎の痛む個所は、人によってばらばらという。指に来る人は、すくなく、たいていは腕だという。他の病気かもしれぬ。

とりあえず筆圧を避けるため、万年筆型の筆ペンに変えると、心持ち痛みが、すこしひいたように思えた。ニセの人造毛筆であっても、やわらかな穂先なので、力のいれすぎを拒む。いつものように全身の力をこめると「字」にならない。それを逆用しようと思いついて、さっそく実行に移したのである。

筆圧が強いとは、どういうことか。強くしないと気が入ったように思えぬのか、自然と力をいれてしまう。つまり必要以上に力をこめて書くのである。その癖は、文章とかかわるのか。大いにかかわる。グーッと力をこめている間に火がついたように思考が動きはじめるからである。

とすれば、「必要以上」でなく、「必要」からそうしているのである。それぞれ人によって思考のスピードが異る。道具の転換によって、変容するかもしれぬ。文体もかわるぞ。構いやしない。むしろ楽しみだ。痛さから、そんなことなど言ってなどいられない。

かくて嫌っていた筆ペンに転向した。すこし痛みは引いたが、コウカテキメンとまでいかず、やはり鈍痛は残るので、これまで持つべからずとタブーにしていた本物の「毛筆」へとさらにジャンプさせた。

毛筆は、ボールペンや鉛筆などにくらべ、その穂先が紙とタッチした時の衝撃度が違う。ソフトなのである。筆ペン以上に、力をこめると筆そのものを破壊してしまうので、穂先で書くのである。小手先のしわざに思え、いささか抵抗感もあったが、そのうち慣れ、なにより痛みが消えていった。これは、本物の動物の「毛」がもつ偉大な力なのだろうか。まだ完全治癒とまでいかぬが、当分、手離せない（それにしてもワープロの利用者が、ケンショウ炎続出というから、なんとも痛快ではないか）。

家の中では蟹の横這いである

前年の六月、秋田へ旅した。この時は、さきの四つの病いをまだ抱えこんでいた。暖くなる春がやってきたなら、これらの病気はみな退散するかもしれない、と淡く期待していたのだが、そうならなかった。特に内臓が腐ったような感じの伴う胸の痛みには、もっとも耐えかねた。直接の痛さより、心理的に耐えかねた。朝方がもっともつらかったが、そんな時、わざと胸の腐った内臓にケムリを吹きつけるようにしてピースを吸った。おいしかった。

タバコはやめろと忠告するものがいるけど、どうせ手遅れである。還暦までもったのだから、そういうからだを恵んでくれた亡き両親に感謝せねばなるまい。秋田に旅したころは、外装は万年筆だが、キャップをはずすと、中味は毛筆もどきにさま変りする筆ペンなるものをまだ用いていない。「鉄」のボールペンは、とうに廃用していたが、まだ「木」の鉛筆の時代である。

秋田への旅は、なんとかというシンポジュームへの参加を兼ねたものである。人前でしゃべるのが、大のにが手で、時に不快である。義理上、どうしても断りかねて出席することにしたのだが、終ると男鹿《おが》半島を一人で廻るつもりでいた。気持のどこかで、この半島をまわれば、おそらく四病（ほんとは五病だったはずだが、もう一つが思いだせぬ）も退治できそうに「ふと」思ったので、しぶしぶ承諾したところもある。

この四病の直接原因は、まず「老化の悪化」にありと私は見ていた。老化は、即悪化でない。老化の健康もあり、悪化もある。その悪化にぶつかったのだ。

遠因として、わが食客である「本」たちの膨脹とその圧迫がある。食客を養いすぎて、主人がまず肉体的に破産したのだ。マンションの各部屋へ行くにも、からだを横にしながらでないと、もう歩けなくなるほど、本で占有されている。文字通り足の踏み場もない。

ここ十年、家の中では蟹の横這いである。蟹ではないわけであるから、どうしたってそんな歩きかたには無理がある。また本一冊とりだすのにも、不自然な姿勢をとらざるをえない。腰痛は、この無理な姿勢から来ていると睨んでいた。

「資料もの」の仕事が多かったので、その楽しさの落し前をとられただけの話で、なにも「本たち」が悪いわけでありえない。きっちりと書棚の一角に彼等の寝場所をあたえてやれない主人（の財力不足）こそが悪いのである。

日ごろ、気分転換に永代橋へ出て、河畔沿いに、だらだら散歩をよくするのだが、これは頭の屈伸体操にすぎないので、足腰が鍛えられるというわけでない。もし蟹の横這いで、腰を悪くしていたと仮定してもよい。蟹の横這いをしないですむ散歩によって、やはり矯正できないとなれば、やはり頭しか体操していないのである。

足の甲の痺れは、おそらく喫茶店で仕事をしなくなったからである。

二十代は、昼間でもふとんの中でしか、物書きの仕事ができなかった。ふとんの中に入ると、とたんに頭が集中できた。手塚治虫などは、ふとんの中で、マンガさえ書けたのだから、なにかそこには、頭の集中の秘密があるのである。三十代四十代は、喫茶店主義である。静かな店より、ガヤガヤとうるさい店のほうが、かえって集中できた。本が多すぎて運搬不能の「資料もの」のとき以外は、喫茶店のテーブルの上で、原稿を書いた。なにより電話がかかってこないのがよい。その間、私は行方不明者である。一ヶ所にばかり長居できないので、喫茶店の梯子《はしご》旅となる。これは、気分転換によかった。

五十代は、「資料もの」が中心になったので、家にある麻雀テーブルの上で、仕事をするように変わった。座卓なので、胡座《あぐら》をかく。そしてほどなく、そのまわりが、ぐるりと資料本で囲まれていくのは、自然のなりゆきである。いつしか左右前後と天井をつかんばかり、本の山が造成されていく。

ちょうどその光景は、谷底の中に私がポツンと座っているという感じである。机の上にも、本がつぎつぎと余地をみつけては、積み上げられていく。原稿用紙を拡げる場所も小さくなり、このテーブルの開口部は、わずか十センチ幅四方のスペースしか残っていない。後ろの書棚を背もたれとして座る位置までたどりつくためには、開口部から足を入れて、本を一またぎし、テーブルを踏み越えていくしかない。

これが、オットット、案外と大芸当である。コタツ式麻雀台は、正方形である。いくら私の脚が長いといっても、一股ぎでは、無理である。無理すれば、ズボンの股がビリッと裂ける。牌《パイ》の音を吸収するべく使用されたコルク板のどこかに、ひとまず片足を着地させる必要がある。即ち机の上を片足で踏むのである。その反動を利用して、残りの足を宙に浮かせつつ、そのまま机の前の小穴に敷かれた座蒲団へまず着地する。そのあと机の上に残っている片足を、おもむろに座蒲団の上へひきとる。

その時の完了形は、ちょうど机に背を向けて立つかっこうになるので、まわれ右してから、ようやく座る。その穴つぼの面積も小さいので、かなりの窮屈である。集中するのには、このほうがよい。

長時間の正座も平気なほうだが、途中であぐらにかきなおし（足の甲の痛みは、ここから来るか）、机の上に置いた原稿用紙に向う。かくて二段構えの穴は、（一段目の穴は本に包囲された机の上。二段目の穴は、机の前の座り場所）完全にわが肉体でふさがれる。（ここからは、コタツ式麻雀台といちいち書くのも、めんどうなので、「机」とする）。

座り机の座高は、せいぜい二十センチ弱であるが、まがりなりにもその下へ大股を開いて跳びおりるわけで、油断をすると、着地時に足をくじく。ソフトランディングしないと、けっこう危険なのである。

最近は、戦法をすこし変えた。机の入口の十センチほどの土地が本で埋ったからだ。まず片足を手前の机のはじっこ（二センチもない）にのせて固定し（よろけるので、足の指先に力をこめ、たたらを踏んで安定させる必要がある）、残りの足も、穴の中の座蒲団へこれまでのように一跳びさせず、先方の机のはじっこに駐める。つまり机の上に両足を拡げて股ぐかたちをとる。

それから、ゆっくり最初の足を残りの足のところまで運んで揃える。つまり机のはじに突っ立つかたちとなる。宙で均衡を保つため、手の動きは、大切である。それから、ゆっくりとどちらかの足を先にして、座蒲団へ降りる。座れば前後左右に積まれた本を峨峨《がが》たる岩壁の如く見上げるかっこうとなる。ほしい本があっても、手を伸した位ではとれない高さになっているので、ヨイショと立ちあがらねばならぬのも、気がめいる。もし隠しビデオで、わが動き撮影していたなら、とんだ噴飯物の見世物だろう。本人としては、平均台の選手の気分でもあるのだが。

こういうしぐさは、ごく単純な動作に思えるかもしれないが、疲れている時や急いでいる時は、重心を失いやすく、危険そのもので、なんども失敗をこれまでに犯している。もし机の上で重心を失った時、それをたて直すため、かならず左右の岩肌に手でしがみつこうとする。(体操の平均台の選手が、いかに大変なゲームをしているかが、わかるというものだ)。

もちろん、岩肌といっても、比喩でしかなく、実体は乱雑に積みかさねられたヤワな本の山でしかないわけで、いくら痩せこけているといっても、しがみつかれれば、全身の重量がかかってくるわけで、たちまち崩れる。ドドッと崖崩れである。音だけは、一人前に大きいから、くさってしまう。たちまち机の上も、座っている穴の中も本で埋めつくされ、その中にしかめっつらして私は突っ立つことになる。

時に、からだが揺れてしまい、崖にしがみつく時、一、二冊を鷲づかみしてしまったりする。これは、かなりヤバイ。あわてて体勢をもう一度立て直そうとするため、たちまち本を片手にもったまま、机の上の宙空に戻ってしまう。オットット（これは、重心をとり戻す時の掛け声）と叫びながら、狭い机の上で一舞いすることに相い成る。そんな時、山なす他の本も刺激を受けて、積みのバランスを狂わされ連動してドドッと大崩壊、ときた日には、泣きつらに蜂となる。

こういう滑稽シーンが、キートンの映画にもあったような気がしてならぬ。本の例ではないが、物が大量にあって、大整頓あるところでは、この種の喜劇はおこりうる。その時の本人は、マジメ顔である。むっつりキートンは、意味のある表情なのだ。

ここまで書いてきて、気づく人は気づいていると思うが、なぜ比較的スペースのある机の中央に足を着地しないのか、ということである。原稿用紙が置けるほどの空地があるはずだと。

それは、理屈というものである。まず、そうしないのは、机の前部に積み上げられている本の山が高すぎて、えいっと片足を大きく挙げねばならず、それを降ろす時は、物理的に原稿用紙を股いだ机の端のぎりぎりでなければならぬ。

うっかり原稿用紙の上に着地してしまうと、次の動作で後足によって本を蹴りあげてしまうことになりかねない。それは、経験ずみであるので、不可である。

もう一つは、たいてい机の上に置きっ放しになっている原稿用紙が神聖だからである。

股ぎはしても（これだって不敬だ）踏みつけるわけにいかぬ。この机まわりの穴からなにかの用で脱出して、また同じ穴へ戻る時は、書きかけの原稿用紙がかならず待っている。足でその上を踏もうものなら、足の指先の圧力で、切り裂いてしまう。これは、物書きとして、どうしてもできない。

欲ばって（横着して）資料本をたくさん胸に抱えたまま、机をまたごうとする時も、かなり危険である。その危険をはじめから意識して、行動に移ることそのものが、かえって仇《あだ》となるようだ。

いつであったか、西郷隆盛の関連資料（このところ彼の「書」について書いている）を七、八冊をだっこしたまま、机の奥に足をかけた。その瞬間、ドボッという暗い音とともに、その片足だけが、机の中に深く陥没してしまった。当然、抱えこんだ本はドバッと胸から飛びだして散って、他の本とぶつかったが、幸いにも雪崩《なだ》れ現象だけはおこらなかった。

机の上に張ってある板は元麻雀卓のコルクにすぎない。その上に足をのせて踏み渡っても大丈夫か、と心のすみではいつも気にしていた。ここ二十年、なんとか無事にすんできたのも不思議で、ついに心配していたことが、現実になっておこった。よくある「奴」である。いつか、その時はくる。

はまって動かなくなった片足をなんとか抜きとると、そこにはスッポリと穴があいていた。ちょうど原稿用紙を置く位置にあたる。お中元に貰った包装箱の薄い蓋のベニヤ板をその穴の上へかぶせ、応急処置とした。机そのものは、左右の端にも本がのしかかってガシッと固定されてしまっている。棄てるにも棄てられないし、これまでの深い恩に報いて、そのまま愛用するつもりだ。ただこれからも足をのせつづける。その無礼を覚悟してくれ、というものだ。

足の甲の痺れに戻ると、これは、どうしたって正座や胡座の弊害であろう。長時間そうしているので（坊主の座禅だって、私ほど長時間であるまい）さすが血液の循環に不良をおこしたのだろう。できるだけ仕事中は、足の指先を動かすようにしていれば、そのうちキットなおるだろうと高の括《くく》れる病気であったが、秋田へやってきた時は、まだ痺れが残っていた。

まず平田篤胤の墓へ

秋田へ行くからには、シンポジュームの会場とホテルの間をただ往復するだけに終るにきまっているのは、なんとも癪である。むかし、秋田蘭画と蘭画の巨匠司馬江漢の絵画展を取材するため、この地を訪れたことがある。取材が終ると、もう夜で、食事後、酒場に入ってすこし飲み、あとは宿に帰って眠るのみ。翌朝、東京へトンボ返り。とかく取材旅行は、このように味けないものだ。

こんどの旅では、最初から私は、二日余分に時間をとっていた。シンポジュームの礼金をすべてこの地で使い果すつもりだった。体調不良でくさくさした気分をいちどきに吹きとばしたくもあった。そのため、仕事の前日に秋田市へ入った。

その日、まず図書館へ行くつもりであったが（取材をする気でいる）、運悪く休館日とわかったので、秋田市内の歴史散歩に切りかえた。江戸時代、佐竹氏の藩があったところなので、見るべき名所は、たくさんあったが、みな郊外である。

徒歩では無理。観光は歩くにかぎるが、ぜんぶ欲ばって見てまわろうとすれば、三日はかかりそうなので、すぐに断念した。バスでも時間がかかりすぎるとわかり、見物の場所を数ケ所に絞り、待たせておけるタクシーでまわることにした。タクシーだと、点から点の移動となり、いくら車窓から途中の景色が見えるからといっても、実感が伴わないのは、経験ずみだが、やむをえない。

まず平田篤胤の墓へ行って貰うことにしたが、タクシードライバーは、知らぬという。観光案内地図を見せると、ああ、ありますねという始末で、なんだか拍子が抜けたが、ありえることである。

国学者にして神道学者の平田篤胤は、どうやら今の秋田人の自慢ではないらしい。第二次世界大戦中は、皇国史観と結びつき、平田学は秋田でも大いに人気が出たと思えるが、運転手も知らぬというのは、今や観光客のだれもが、異端の江戸時代人である彼の墓地に案内を求めたりしないからであろう。それは、それでよい。

地図で見ると、秋田大学の近くらしいが、タクシーに乗ると、いっさいのプロセスを失い、一挙に目的地に着いてしまう憾《うら》みがあることは、はじめから判っているのに、つい舌打ちしてしまう。タクシーに乗った以上は、自業自得である。ただ平田篤胤の墓は、山腹（手形山）にあった。タクシーはそこまで入っていけないので、入口のところで待って貰い、ひとりで歩いて登っていくことにした。これ幸いである。

墓道というより、私道のような坂道を登って行く。あたりは、うっそうたる森で、樹木の匂いが、からだを洗うがごとくで、すこぶる気分がよい。だれひとり歩いていない。ゆっくり登るのは、坂道のせいもあるが、腰が痛いからでもある。すぐにへばりそうになるものの、気持のほうは、ゆったりしている。

篤胤は、二十歳（寛政七年）の時、たった一両の金を持参、脱藩して江戸へ向ったという。彼は四男坊である。そのまま秋田にいても、うだつがあがらぬので、学問で名をあげようと江戸へ出たともいわれる。まだ幕末の争乱までに遠いから、このころの脱藩は珍しかっただろう、と思いながら、坂を登る。

高校生のころ、平田学を信奉する青年将校がでてくる日本映画を見て（三好十郎原作の『美しい人』の映画化だったか）、あまりにファナティックなので、いったい平田篤胤とはなんだろうと思った。青年将校の恋人としてセーラー服の女学生がでてきて（香川京子であったか）、平田学というのは、どこかキナくさいまでに色っぽいんだなと感じた。

二十代のころ、かなり平田篤胤の本を買い集めたことがある。『鬼神新論』『霊能真柱』『古今妖魅考』など、みな和書で購入した。当時、安かったのは、江戸時代にたくさん出版されすぎて、品薄でない上に、折りしも篤胤への研究熱が低下していたためもあろう。皇国史観と彼の思想が、どう歪んでドッキングしたかへの興味もあったが、それよりも、彼が鬼神や霊的なものに好奇の心を抱いているのを知り、そのころ面白い男だと思った。スピリチアリスト篤胤は、幽霊を信じていた。『仙境異聞』『勝五郎再生記聞』は、その系列の著作である。
七、八分も歩いたところで、篤胤の墓のある広場へ、不意に私は突き出された。急な坂でなかったので、へばりそうになっても、息切れすることなく、辿りつけたものの、この「不意」というのは、いつもながらスリリングにして、あっけない。
寺社の七折八折とうねりくねる坂や、いつまで続くかと思われる長い階段に見る如く、はじめからそう感じる、ように意図された宗教設計のしわざである。広場の中央に立ち、ぐるりあたりを見廻してみたが、観光客の姿は、ひとりとして見当らなかった。なんとも、いい気持である。

私も観光客の一人であり、身勝手な哀しい感情だが、気分は晴々して、思わず両腕をあげ、深呼吸した。両腕を天に向って大きく挙げ、背伸びするのも、ひさしぶりだ。この広い墓域は、もとより人工的なものだが、杉木立ちの高くスッと伸びる森に囲まれた感じが強調されている。車が入りこんでこないせいか、樹木は排気ガスをいっさい吸いこんでいない。甘い空気の粒子が、樹木から発して流れ、わが身にさんさんと降りそそぐ。こんなことを感じるようでは、よほど体が参っているんだな、と思った。

愛用の机には、「穴」があいていた

江戸出奔当時の篤胤は、五代目市川団十郎のもとへ弟子入りしたという伝聞もある。また、火消し人足になったというエピソードもある。若いころ、さんざん苦労したという逸話である。江戸で名を挙げた篤胤に対し、秋田藩が、あらためて藩士に彼を取り立てたのが、六十三歳の時である。六十六歳から死ぬ六十八歳まで秋田である。幕府から著作ならびにその板刻が禁止され、秋田退去を命じられても、田舎へ帰っては学問がならぬ、なんとかならぬか、とずいぶん迷ったようだ。

蔵書といえば、生活苦のため、しばしば質屋へ入れた。ダンダン本が無くなると、篤胤は深い溜息をついたそうだが、気になるのは、筆が使えなくなったという晩年の「腕痛《わんつう》」である。著述過多による「書痙」、今でいうケンショウ炎なのだろうか。私のように両の中指ではない。若いころから、左肘の痛みは（ギッチョの左利きか）、彼の持病であったともいうから、しだいに悪化して「書痙」となったのか。

四十代の終りごろ、彼は本居宣長の退筆（禿筆《とくひつ》）を息子の春庭から貰い受けたというが、それを用いて書いたわけであるまい。禿筆というのは、筆先きが割れて、だめになった筆である。毛筆というものは、よくしたもので、先端が割れても、毛一本でも字が書ける。このことを私に原稿用紙を恵んでくれている金成君に言うと、「困りますよ、それは」と笑った。彼は出版の他に文房の筆墨も商《あきな》っていて、消耗品でなければ、困るからだ。筆先きが割れたら、すぐに買い代えてもらわねば、商売にならぬというわけだ。

さて石の杭《くい》を打ちこんで囲いとした中に鎮座する平田篤胤の墓そのものは、自然石の平凡なものである。中に入って片手拝みする。私の気を引いたのは、墓への入口の左右に建てられた二基の碑である。右の碑には、「古今五千載之一人」とある。五千年に一人の才能とは、大きくでたものだが、そうかもしれぬ。左のには、「宇宙一万里之独歩」とある。対《つい》構成だが、これは小さすぎる。うしろにまわると「後学　山田孝雄《よしお》謹書」とある。国語学者の山田は、太平洋戦争のさなかである昭和十七年に『平田篤胤』を著している。

随筆といえば、『枕草子』や『徒然草』を人はすぐ想いだすので、短いものと決めてかかっているが、あれらは中国流には「雑記」「小説」に属すというべきだ。そもそも「随筆」に短いも長いも、あったものであるまい。私は、この原稿を「蔵書にわれ困窮すの滑稽」をテーマにした「百枚の随筆」として書いている。「百枚」というのも、とりあえずの目安としての仮りの枚数の意である。

水々《みずみず》しい自然の匂いに溢れた篤胤の墓域（悪罵の飛びから彼の文業は、どこかおどろおどろしていて、きなくさいのだが、ここでは清澄そのものである）を三十分は彷徨《さまよ》っていたと思うが、他の予定の見物もまだまだ残っているので、辞すことにし、元きた坂を降りながら、彼の肘痛防ぎの特製机のエピソードを想いだしていた。

晩年の愛用の机には、「穴」があいていたらしい。机の左手前にわざわざ「穴」をあけたようだ。左肘をかばうためだ。やはり晩年の「腕痛」は、肘なのである。その「穴」は、あけっぱなしだったわけではない。穴の大きさの「布団」をその中に埋めた。多分、わたがはいっているはずで、そこに肘を当て、痛みをやわらげるクッションとしたのだろう。

どうやら彼は左肘を机の上に置かねば（癖だ）、神経が集中しなかったのだろう。ギッチョだとすれば、なおさらの手当てでもある。その場合、机にひろげた和紙との関係は、どうなるのであろう。机の左端に座ったまま筆を伸すことになり、かなり不自然な体勢となる。やはり、ギッチョでなかったとすれば、左肘に手当てすることは、利き手の反対側の腕が痛んでいたことになる。それは、ありうるのか。

自分の場合に当てはめていうなら、半分は、イエスである。私は、左手前の机の上に左の五指を開いた掌を強くのっけて、右手の筆を動かす。原稿用紙は、机のど真ん中に置かれる。疲れてくると左肘そのものが、ひとりでに最初の掌の位置へ行っている。かわりに左手のほうは、あぐらをかいた右足のふくらはぎのあたりをギシと摑んでいる。つまり真直ぐ机の上に添って置かれていた左腕は、しらずして右へ斜めに移動して、交叉《こうさ》したかたちになっている。

たしかに腕の屈折点である左肘は、机の上にまで動いてくるが、篤胤の場合は最初からそうしたようだ。書くのは、右手でも、左肘を机の上に固定して、必要以上に力をかける癖が篤胤にあったことになる。とすれば、晩年に痛んだのは右手であるのか。左肘はむかしからダメ。右手もついにダメ。お手挙げ状態になったことになる。

俗に右利き左利きといっても、反対側の手を使わぬわけでない。かなりの力をこめて、利き手の働きを補助しているはずだ。私の右の中指が痛むのは、利き手だから当然だとしても、同時に反対側の中指も痛んでしまったのは、ツマリ、そういうことなのではないか。肉体は左右対称、そして血液循環の原理、すなわち螺旋《らせん》運動。……まあわからない。

篤胤の膨大な著作は、刊行されたものでも、未完成のものが多かった。あの特製机は、秋田へも送られたらしいが、執筆が禁止されているだけでなく、地方にいては資料も不足なわけで、残念でならなかったようだ。晩年の帰郷は、めでたしというより、左遷に近いのである。彼の結果的な辞世の歌。

思ふことの　一つも神に　勤めをへず
けふや罷《まか》るか　あたら此世《この》を

「老気勃然とす」

翌日のシンポジュームは午後二時からなので、朝早く起きて、秋田県立図書館へ行くことにした。明治の政治家にして漢詩人、また書家としても名高い副島種臣について、すこし調べたかったのである。

「春夜、竹亭の席上、寧斎と三矢子、庄内の旧事を語る。談、余が援師（援軍）を率いて、秋田海口《かいこう》に到るに及ぶ。庄内、是《こ》れ自《よ》り、復《また》北《に》げる能《あた》わずと。余、此《ここ》に於《お》いて、老気勃然《ぼつぜん》とす。寧斎、詩を賦して示さる。因《よっ》て酬《むく》い、兼ねて三矢子にも似《しめ》す」

右は、副島種臣の詩序であり、長い詩題である。明治二十六年春の作と思われるが、旧庄内藩士の三矢藤太郎《みつやとうたろう》（『南洲翁遺訓』の編者。種臣、その序を書く）が上京した時、種臣は春の一夜、竹亭に彼を招待したが、その時、肥前諫早《いさはや》出身の若き漢詩人野口寧斎《ねいさい》も呼んで相伴させた。その竹亭の宴席で、寧斎と三矢子の会話が、いつしか維新前後の庄内の旧事（戊辰の役における北陸戦争）に移り、さらに種臣が長崎湾から軍艦で援軍を率いて秋田の海港へ到着した時の話へと及んだ。この時点の庄内藩は、種臣らの官軍に抵抗する佐幕である。秋田藩は、官軍側についている。

　この援軍到着により、庄内はもう官軍と戦うしかなくなったという。誰がそう思うのか。これは、三人それぞれの立場から見ての共通の意見であろうか。この旧事を論じているうち、種臣の老気は、この若き日のことを想いだし、「勃然」としてきたという。まず野口寧斎と三矢藤太郎が、その宴席の場で漢詩を作ってみせる。それを見ながら、ただちに種臣も応酬した。

私が調べたかったのは、種臣のいう「余が援師を率いて、秋田海口に到る」である。勤王か佐幕かで、ずいぶん迷っていた秋田藩側の資料では、この到着をどう見ていたのか。また秋田海口とは、どの港を指すのか。種臣は、下船するや秋田城内に乗り込んでいったようだが、それを具体的に示す資料はあるのか。

図書館では、親切にコンピューターで検索してくれたりしたが、ひとつ埒《らち》があかなかった。時間がきてしまったので、一日で調べるのは、とうてい無理な相談とあきらめ、シンポジュームの会場へ向ったのだが、種臣のいう「秋田海口」が、船川港であることだけはわかった。

気が重い「書」をめぐるシンポジュームは、二時間ほどで終った。そのあと、同席した前衛書家の石川九楊氏と、駅前にある広大な敷地の千秋公園を夕方まで散歩した。この公園は、佐竹氏の久保田城の跡である。碑や額が処々にあり、必然、「書」を中心の散策になり、氏と談論風発しながら園内を歩きまわるのも、それなりに楽しかった。夜には、シンポジューム（いろいろのテーマで何十組ものコーナーがある）の講師たちと、この日に出席した観客たちとが、秋田の酒場のそこかしこに集まり、歓談するというオプションがある。あらかじめ私は、体調悪しと辞していた。石川氏は参加するというので、千秋公園の入口で別れた。

今日は、食事を一度もとっていない。とりあえず、市内のそば屋に入り、ビールを飲みながら(からだの調子が悪いので、まずい)、ひとりで軽い食事をとっていた。と、前の座席にいた二人の婦人のうちの一人が、つかつかと私のそばに寄ってきて、「今日の講師のかたですね」と問う。

そうですが、なにかという風に肯くと、「声がききとりにくかった」と文句をいう。「それは、すみませんでしたね。僕は早口ですし、スピーチが下手なもんで」と謝るしかない。「いいえ、そうじゃなくて、会場の部屋、長方形でしょう。スピーカが部屋のすみずみにまで通らなくて、よくきこえなかったんですよ。ちっとも面白くなかった」と腹だたしげにいう。「そう言われても、選んだのは僕じゃないし」と抗弁すれば「それは、そうよね。すみませんでした」と頭をペコリとさげて、仲間のいる自分の席へ戻っていった。とばっちりといえば、そういえぬこともないが、高い料金を払ってやってきた彼女たちの気持もわからぬでない。

夕食後、ホテルの室へ戻り、テレビをつけると、ちょうど巨人対広島の野球実況がはじまったところだった。最初、巨人が猛攻で七、八点リードしていたが、広島がじりじりと追いあげ、後半、ついには逆転してしまった。つい胸の痛みも腰のつらさもみな忘れて見いってしまった。「夢中」というのは、たいした「痛み止め」なんだなと思う。

「今　則ち愚なり」

翌朝、ホテルを出ようとすると、入口のところで筑紫哲也氏にばったり逢った。ひさしぶりである。氏は広島のファンなので、昨日の逆転試合を見た？　ときくと、首を振る。どうやら夜のオプションに参加したようだ。「これから男鹿半島をまわる」といえば、「それはいい。学生のころ、一周して遊んだが、楽しかった」となつかしそうに氏は目を細めた。

これまで私は、男鹿半島の悪口を言う人に出逢ったことがない。風景が日本離れしたところだった、とも筑紫氏はいう。彼と別れると、そのまま秋田駅に向い、JR男鹿線に乗り、予定通り、羽立駅で下車した。駅前で待っていたタクシーに乗るや、寒風山と男鹿市の船川港へ行きたいのだが、順番として、どちらが先きのほうがよいかと運転手に問う。最終的には、羽立駅に戻って、バスで男鹿温泉郷へ行きたいとも告げた。まかせろと彼は言う。

昨夜、ホテルのベッドに寝そべりながら男鹿半島一周のプランを練り、だいたいのコースをきめてあった。男鹿温泉の宿だけは、私にしては、めずらしく慎重で東京から電話して予約済みだった。一人の客は、嫌われて門前払いを喰うのをおそれた。なにしろ体調が悪い。

運転手がいうには、船川港の埠頭《ふとう》はここからすぐそばなので、そのあたりをぐるっとまわってから、寒風山まで行き、その頂上で見物後、増川というところへ下るというコースを私に示した。そこから男鹿温泉行きのバスが出ているので、わざわざ羽立駅へ戻る必要なしというのである。

私は、なるほどと承知した。彼のいうコースどりは合理的で親切だが、きちんと商売はしている。寒風山から増川まで車を利用して貰ったほうが、タクシー料金は割高になる。旅は、自家用車（運転できればレンタカー）の時代であり、今やバスとタクシー業界は斜陽で、競合しあっている。

まず、船川港の埠頭へ出た。数分とかからない。タクシーを待たせ、周囲の風景を眺めることにした。

船川港は、江戸時代、船川湊《みなと》といい、秋田の土崎湊への風待《かぜまち》港である。嘉永六年には、出没する異国船にそなえて台場が作られ、砲台もあったという。

海艦　突兀《とっこつ》として萬兵を載《の》す

右は副島種臣が旧庄内藩士の三矢藤太郎へ贈った長篇の中の一句で（「贈三矢藤太郎

歌」)、その詩を収めた長大の書幅が残っている。庄内鶴岡市にある致道博物館で開かれた副島種臣展で、この傑作の「本物」にはじめて接した。

「海艦　突兀として萬兵を載す」は、北陸戦争の援軍として、種臣が軍艦に九州の官兵を載せて、率いてきた時の模様である。「突兀」は、高く空を突かんばかりに立つさまをいう。「突兀」。甲板に兵を満載して海中に浮んだ軍艦に対する種臣の印象であり、かつ彼の意識のありようを示しているのだろう。

それまでの彼は脱藩して志士活動をしていたが、軍艦の統帥者として兵を率いて戦場に赴いたことはない。秋田藩が庄内藩と同じ佐幕であるなら、この官軍の援軍をのせた「海艦」に向って船川の砲台から攻撃を受けることもありえたのだろうか。海戦の可能性もなくはなく、上陸後の陸戦もありえた。「蒼海」の雅号をもつ種臣にとっては、この場面、想い出すだに、血湧き肉躍るものだったのかもしれない。

種臣は、この船川湊で下艦すると、陸伝いに佐竹氏の久保田城へ談判のために向ったようだ。徒歩か、馬か、駕籠《かご》か。私が訪れた日の船川港の空は真っ青であった。白雲が、滴《したた》るような青空の中を飛んでいく。一人の旅の青年が、岸壁に座りこんで、海を眺めていた。そのうしろ姿を用意のコンパクトカメラでとった。

外国の貨物船がいくつも錨《いかり》をおろしていたが、ここは、日本の「国家石油備蓄基地」であるとも知った。一九七三年のオイルショック後の政府の処置であろうか。日本はオイルショック後（一種の敗戦）から、大変革への道を歩みはじめたと思うが、「国家」の語が基地名にあっさりと用いられているのを見て、びくっとする。そもそも日本政府に「国家」の意識などがあったのか。

この日、微風あって、わが体調の不可を愛撫するが如く、いい気持だったから、なおも港内をぶらぶらしていると、グリーンの下敷の入った靴が、片方だけ棄てられているのを見つけ、近寄ってまた写真に撮った。片方の靴のみというのも、気になるが、下敷が「緑」というのにも、心は魅かれる。そこで、もう一枚撮った。こんどは、その靴と一緒に、さきの海を眺めている青年のうしろ姿もいれて撮った。私は棄てられた靴を見つけると、なぜか写真に撮りたくなる。

嗚呼　耄《お》いる矣《かな》　今　則ち愚なり

副島種臣が、野口寧斎と三矢藤太郎に応酬した詩のラストである。この年の前年（明治二十五年）、かつがれて種臣は内務大臣となっている。征韓論下野後、ひさしぶりの政界への復帰であったが、三ケ月もたたぬうちに辞職し、下野している。「今則愚」。政争にまきこまれ内務大臣になったことが、「愚」だというのか。わずかの在職で退いてしまったことが、「愚」だというのか。

禿げ山の寒風山の景観は、男鹿半島の目玉の一つだが、頂上に立って四囲を眼下に収めるより、私個人は、平地からその姿を遠くに眺めやるほうが、ずんと好きだ。頂上は、いつだって、その山容を失う。

かくて早々に頂上を去ることに決め、待ってくれているタクシーのそばに戻ると、運転手は「もういいんですか」と、すこし不満気である（それでも私のカメラをひったくって、記念にと一枚撮ってくれたが、その背景からして、頂上であることさえわかるまい）。まもなく寒風山をくだって、約束通り、増川のバス停留所まで彼は私を運んでくれた。

バス停の時刻表を見ると、男鹿温泉郷への便は、一時間に一、二本しかないとわかる。おそらく増川に着いた時、すこし前に出てしまったあとだったのか、私は一時間近くも、バスが来るのを待ったであろう。時計をもたなくなってから、三十年になる。こういう時、すこし不便だが、自業自得である。

ともかくバス停の近くを散歩しながら便を待つことにした。カメラがあるので、退屈することはない。ただバスがきてしまうと困るので、あまり遠くまで散歩の足を伸ばすわけにいかぬ。日本中、バスを利用して旅をすると、必ずこうなる。何十回となくすでに経験ずみのことなので、じりじりと待っている、この気分を楽しむしかない。

もう慣れたというより、むしろ好きだ。すこし散歩しては、すぐにバス停へ戻る。遠くにバスの姿が見えないと、たしかめるや、また散歩に出る。このくり返し。時計をもたぬ決意をした自分にふさわしい、少し落着かないが、なかなかの味のある「待ち」の一刻なのである。

ようやくやってきたバスの乗客は、時間帯もあるのか、たった私一人である。つまり私はバスを貸し切り、独占している。気分がいいというより、すこしさびしいが、男鹿温泉郷へは、予想以上に早く着いた。夕方までには入ると、宿に伝えてあったのだが、客のいれかえの午後二時前に到着してしまった。宿の主人曰く。

「海辺へでもおりて、すこしぶらぶら遊んできてください」

部屋に入れておきますからと、私の背のリュックを受けとるや、主人は海辺までの道順を教えてくれる。「五分も歩けば、そこはもう海です」。急な坂をどんどん降りていくと、腰にひびいてつらかったが、アッというまに海だった。荒磯ともいえぬ、のんびりした魚くさい匂いのする海の色を眺めているうち、もう歩くのがいやだとばかりに、眠くなってきた。

コトンと、睡魔が襲ってきた

海に突きでたコンクリートの突堤があった。白い色がまぶしい。

ちょうど一人が横たわることのできる横幅がある。よし、とその上へはいあがるや、そこへ全身を伸ばし、仰向けに寝そべってみた。日射しがきついので、目をつむる。眠る気などなかったが、コトンと、睡魔が襲ってきた。

一時間は眠りこけたであろう。時計がなくても、そのくらいはわかる。なんだか、素直に眠ってしまった自分が、哀れになってくる。歩きすぎて疲れたわけでもないのに、他愛なく眠ってしまった。

おそるおそる立ちあがる。コンクリートの上に身をよこたえた時は、考えもしなかったが、よくよく見ると、左三メートルほどの真下は、波の打ち寄せている海である。落ちれば、私は泳げない。右は、下まで一メートルぐらいだが、草ではなく、固くて白いコンクリートが敷かれている。よくこんなところで眠る気になったな、どちらに反転してもおしまいじゃないかと思いながら、おずおずと足をおろし、陸地側の右に着地した。

大きな宿であったが、客は数組、閑散としていた。宿泊料は高かったが、これでは、商売になるまい。温泉町を散歩してみたが、ゴースト・タウンである。歩いているのは、私ひとり。ビューッと木枯しは吹いていないが、カンカン照りの太陽が、ゴースト・タウンを焙《あぶ》っている。

ラーメン屋が、一軒だけあいていたが、中へ入らなかった。ビルの二階にある小さなストリップ小屋をみつけたが、もちろん閉鎖していた。切符売場や階段口は、落ち葉でふさがっている。すべるようにして階段に投げだされている女の裸の立看板の上にも、落ち葉が降りかかっている。まだ六月だというのにである。町には、樹木が一本もないのに、いったいどこから風にのってハラハラ落ちてきて、この昇り階段がその吹き溜りになってしまったのだろう。

翌日、男鹿温泉郷から、最北端の入道崎まで、客がまばらのバスを利用することにした。温泉の不景気は、バスの衰退と、根っこは一つになっている。この日、快晴であった。「なまはげ」の真山神社へ行こうかと迷ったが、その日のうち東京へ戻りたいので断念し、入道崎に直行することにした。そもそも名物嫌いである。

入道崎からバスの便がないのは、あらかじめ宿で確認してあった。入道崎から戸賀までタクシーを利用、そこから遊覧船にのって、終点の門前《もんぜん》まで西海岸の男鹿半島をくだるつもりである。門前からは、男鹿駅までバスがある。そこからJRで秋田へ、そして新幹線で東京へ。真山神社など、中抜きになってしまったが、まがりなりにも男鹿半島を一周したことになる。

これだけ天気はよいのだからと、遊覧船の運航中止など考えてもいなかったが、それは、なんともあさはかのきわみで、宿の女人が、船は今日でるかどうか電話できいてあげましょうか、といってくれたのに、「いいです、いいです」と手で制して断った。その時、彼女はけげんな表情をしたが、その意味が、ようやくにしてとけたのは、入道崎で楽しみにしていた海底透視船に乗れないとわかった時である。

入道崎の突端に立つと、風が鳴っている。ヒュイ、ヒュイ。ビュイ、ビュイ。不老不死に執する漢の武帝が荒海を渡ってやってきそうな大眺望である。風が強く、しきりと、わが足もとを払おうとする。そのたびに、まわりの草葉が花ごと横なぎになる。しばらく治っていた胸痛がぶりかえすかなと思ったが、風はそれほど冷たくない。空は、紺青。陽は、照っている。下を覗きこめば、退屈なまでにそそり立つ絶壁である。海底透視船の発着場は、その絶壁の下。たいへんなようだが、きちんとそこまで降りていく道がつくられている。楽しみである。

学生のころ、同じ下宿の九州小倉の男に、大ホラを吹かれたことがある。関門トンネルの海中を走る汽車は、いわば水族館だというのだ。車窓から泳いでいる魚が見えるというのである。ヘエと、まともに私は信じてしまったようなので、かえって相手も困ったのだろうが、すぐ嘘だと種明しをしてはくれなかった。

ずいぶんと長い間、一度乗って見たいなと思いこんでいた。のちにそのことをなにかの宴席で話すと、まともに信じるやつなど、この世に一人もいないよと爆笑を買い、大恥をかいた。わけもなく泳ぐ魚が見える海底透視船に執着しているのは、おそらくそのせいであろうか。

腰にねばりがなくなっている。急な坂のくだりは、足の裏にもひびいて、つらかったが、ようやく発着所にたどりつく。すぐ近くに海底透視船が浮かんでいて、波に揺られて左右に激しくブランコしている。切符売場がある。買おうとすると、係員がいない。

近くに漁師らしき男がいたので、「海底透視船、今日は休みですか」ときくと、「海を見てごらんよ」と笑われた。「天気はいいのになあ」と青空を見上げながら首をひねると、「空は関係ないよ」とすげない。

なるほど、海は波立っているが、それほど荒れていると思えない。これまで、嵐の海をなんども見たことがあり、それにくらべれば、さほどとも思えぬが、プロの目から見れば、やはり危険なのか。そうかもしれぬと、がっかりしながら、「じゃ、戸賀行きの遊覧船もだめですね」ときけば、「当たり前だよ、知らなかったの」と呆れている。

さあ、どうしようか。バスはない。まさに秘境に置き去りにされた感じだ。一時間ほど、突端の草原をさまよう。顔にそよぐ風は、気持はよいが、どうしようか、どうしようかと考えこんでいる。マイカーのアベックが、十数組はいる。楽しげに振舞っている彼等を摑えて事情を話し、便乗を申し込む気にはなれない。ともかく立ち並ぶお土産物屋の一軒を選んで、その喫茶部に入る。まずい珈琲をすすっているうち、「よし」、門前までタクシーで行こうと決心した。入道崎には、もちろんタクシー会社がない。どこかから呼べるかと店員にきいてみる。「大丈夫ですよ。電話してみます」と即座に答える。提携しているのか、まもなく戸賀から一台のタクシーがやってきた。やれやれである。

タクシーの走る道は、アスファルトで舗装されている。むかしの村のでこぼこ道ではないので、揺れたり弾んだりもしない。なんとも滑らかに車は疾駆していく。時たまバスとすれ違う。なんだ、あるじゃないかとムッとするが、よく見れば、観光客をのせた貸し切りである。沿岸の村人は、みなマイカーで動くので、バス会社は定期運転を中止しているのだとドライバーは言う。

人間は、悲鳴をあげつつ、機械文明と折り合ってきた。なんでも呑みほしていく貪欲なキャパシティ、しぶとい慣れの力とが、人間のうちにまだ残っていたから、折り合えた。いまやハイテク文明は、人間をあたらしき原始時代へと手招きしている。そこには空虚な人工の輝きがある。この輝きは、デコレーションでしかない。

おそらく人間どもは、多少はきしみつつ、なんとか折り合っていくのだろう。ハイテク文明とて、人間が作ったものなのだから、キャパシティがあるにきまっている。空虚は、もともと東洋の最高の道徳だが、この肉も骨もなき空虚に日本人は、どう慣れ合っていくのだろう。

入道崎から乗ったタクシーの運転手は、地元の生れということで、門前にある「赤神神社」の五社堂に登ったことがあるか、ときいてみた。ある、と答える。小学校の時、遠足で連れていかれ、みんなと一緒に登ったという。

「たいへんだったか」ときけば、うーんと唸《うな》る。どうであったか忘れてしまった、という感じだった。「これから登りたいんだが、老人でも大丈夫かね」ときいてみる。「まあ、大丈夫とは思いますけど、でも上へ行っても、たいしたものはありませんよ」と彼は、素っ気なく答えた。

私は、東京で男鹿めぐりのスケジュールをあれこれ組んでいる時から、赤神神社はどうすべきか、ずっと気になっていた場所であった。ただ山腹の五社堂まで、自然石で組んだ九九九の階段を登らねばならぬことにおじけづいていた。
五、六年前、出羽三山の一つ羽黒山の石段（二千段と赤神神社の倍だ）を友人たちと登った時、ようやく頂上に達したものの、途中で何度もへこたれてしまった。腰は、まだ痛くなってはいなかったが、今の前兆であろうかと思えるほどに、その時のわが足腰には、ねばりがなかった。かつて自信をもっていただけに、なさけなかった。
神社仏閣の建築物に、私は興味がある。旅の退屈に耐えられるのも、この興味のおかげである。いつまで見ていても、倦《あ》きがこない。ヘボ建築でも、それなりに楽しい。あれこれ、案内書の類の小さな挿図写真で見た五社堂は、江戸初期のものということであったが、なんともいえぬ風趣をたたえている。ただどれもみな、不思議と全容が撮影されていない。五社のある頂上には、カメラをひいて、すべてを収めるだけの余地がないのだろうか。それでも、たがいの社屋がかさなりあっている具合いが、なんともいえぬ古拙の風姿を偲《しの》ばせて、本物を見たいという心がしきりと動いていた。各社の木の建材は、みな銀ねず色に渋く輝いているようにさえ、複製写真ながらも感じさせられる。

旅に出ても読みもしない本をいっぱいに詰めこむ癖がある

ただおじけづくのは、赤神神社五社堂の誇る「九九九段」の石段なのである。羽黒山でのていたらくからか、その石段を登り切らぬうち、トレッキング・シューズをはいているといえ、わが弱り目の足が途中でへばってしまって、たたり目になるのが心配なのではない。鈍痛の腰が、ストをおこして動かなくなる、のが心配である。肝腎の足腰が弱っているのである。なにしろ「五病」をかかえこんでいる。歩くだけならケンショウ炎のほうは、大丈夫であるにしても、もっとも怖れているのは、胸をしめつけるような痛みが、一挙にがまんならずと爆発するのではないか、という妄想《おそれ》があって、しきりとためらわれた。

だが、行け、行けと言っているようでもある。それは、「重り合う五社」とか「九九九」段というデザインの誘惑《わな》だともいえる。秋田のホテルでも男鹿温泉でも、どうするかな、やめようかなとまだ迷いつづけていた。

タクシーの中でも、まだ迷っている。途中でなんどか下車して、西海岸の看板である「荒磯」の景を遠望したりして、決断までの時間かせぎをしていたのだが、まだ思い決めるにいたらぬまま、はやばやと赤神神社の本山「門前」の広場にタクシーは到着してしまった。料金を精算している私に、運転手は、五社堂に登るんでしたら、そっちのほうですよ、すぐそばですよ、と教えてくれた。ありがとう、と別れの挨拶をして、タクシーに背をむけて歩きだしたが、もし強行すれば、そのまま死んでしまうかもしれぬというおそれのようなものがあった。

私は、重いグリーンのリュックを背負《しょ》いなおすと、神社の入口のほうに向わず、その正反対である広場の防波堤のそばにまで近寄った。海を眺める。たしかに海は荒れていた。これなら荒れているといえる。白い大波の束が押し寄せては、防波堤の壁をドバーンドバーンと烈《はげ》しく叩きつけている。ぶつかった波は、ジュッジュッと焦げるようなしぶきをあげながら青白く散る。これでは、とうてい入道崎の漁師のいうが如く観光遊覧船は、無理だったなと思う。海は荒れまくっているが、五社堂を登るとすれば、頭上の空は、晴朗そのものである。百パーセント、登る気でいながら、まだためらっている。

いったん防波堤のそばを離れたものの、まだ五社堂の入口には、向う気がない。

歩きながら俺は体調が悪いというのに、なんでこんな重いリュックを背負っているのだろうと思ったりする。紀伊半島の熊野を一週間まわった時に買ったものだが、旅に出ても読みもしない本をいっぱいに詰めこむ癖がある。したがって重くなる。今回の旅は、あまり背負うチャンスはなかったにしろ、なんとも酔狂のいでたちである。

そうぶつぶつ呟きながら私は、運転手の教えてくれた長楽寺の方向へと歩む。入口までいって場所をたしかめたあと、すこし町のまわりを歩くことにした。まだ時間かせぎをしている。これは、生命のおびえなのだろうか。つまり、まだ「九九九」段を登る決心がついていないのである。「門前」の名がある以上、かつて賑やかな市をなしていたことはたしかだが、今は閑散としている。

　ふと秋田への新幹線の中で読んだ柳田国男の『雪国の春』のラストの言葉が蘇る。昭和二年の発言である。

「感覚の稀薄ななまけ者ばかりを、何千何万とおびき寄せて見たところが、男鹿の風景は、到底日本一にはなれまい」

　それは、そうだと思う。いつだって観光客は、なまけものなのである。男鹿半島が日本一の眺めだと認証する力がない。

　長楽寺への入口から少し歩いたところに喫茶店が見つかった。夜にはバーにかわるようだ。中途半端な時間だが、まだコーヒー一杯くらい、飲めるかもしれぬ。ドアを押してみる。スッと開いて、「いらっしゃい」という女性の張りのある声がきこえる。ほっとした。

　中へ入り、席につくとすぐコーヒーを頼んだ。体調が悪いのでコーヒーはおいしくないのだが、しかたない。飲み終るまでに、「九九九」段、いかにすべきか、決断するつもりだった。

　店内には、熱帯魚の水槽がある。魚が泳いでいる。「まさか、この海でとれたものじゃないでしょうね」ときいてみた。もし海底透視船に乗ったなら、泳いでいるのが見えるその魚の類かもしれぬと思ったからだ。バカなことをきく人もこの世にいるもんだ、といわんばかりに彼女は笑い、水槽の魚を指さしながらこれは南米産のなんとかなんとかだ、と熱心に説明しだした。なるほどなるほどと肯きながらも、こちらには、魚名を覚える気がまったくない。彼女は、人妻なのか娘なのかわかりにくいタイプで、水商売の女性らしくもない。

そんな彼女を見ているうち、すこし五社堂の石段について、取材する気がおこった。どうやら地元の人らしいので、一度くらいは登ったことはあるだろう。きけば、あるという。その時の一度だけだという。やはり運転手と同じく、子供のころだという。登り切るまで、つらかったのかもしれないけど、よくは覚えていないという。

子供は身軽なので、さして坂（石段）はつらくないはずだ。その一度で、こりたわけでもないのに、この齢にまで登っていないという。そんなもんかな、と思う。地元の人は、今でも祭りなどには（江戸時代は、六月に五社祭があったという）登っていますかときけば、さあと小首をかしげる。なんていうことだ。今や赤神山信仰は薄れ去り、「なまはげ」だけが観光化しているということか。

「なまはげ」の三山（真山、本山、毛無山）と五社堂とは、一つにつながっているはずだが、もはや切り離しになっている。この西海岸の「門前」からは、今や三山に向うため入山しないのか。「門前」までやってきた観光客も赤神神社五社堂を敬遠して、素通りしてしまうらしい。健康の持主でも「九九九」段には、おそれを抱くのだろう。

「さっきから迷っているんですよ、どうしようかと。私でも、この九九九段、大丈夫そうですかね」

さきの運転手にしたのと同じ質問を彼女にしてみた。迷う理由までは言わなかった。

「ゆっくりとお登りになったら。きっと大丈夫。店に入ってくる時、お宅さんの足どり、けっこうチャカチャカしていたから、とても元気そう」

そうか、この喫茶店へ入ってくる私の姿を店の中からずっと彼女は見ていたのか、油断ならぬなと思った。それにしても「チャカチャカ」には参ったが、「チャカチャカ」のしぐさは、元気印なのである。

しかし、彼女の「ゆっくり」の言葉がすこし気になった。私は、若いころから階段に自信があり、数段ずつ一股ぎしながら、一気呵成《いっきかせい》に昇り切るのを得意としていた。そうだ、「五十段ごとに一休みすればよい」と思いつく。私は、もう一杯コーヒーを彼女に所望した。急に元気が出て、お代りしたかったのも事実であるが、登る決心を固めた私には、いささかの魂胆もあった。

「登ることにしました。ところでお願いがあります。このリュック、五社堂から戻ってくるまで預かって貰えますか」

「エーッ」

と彼女は悲鳴をあげた。

「ちょうど店を閉めようかと思っていた時、お宅さん、入ってきたの。これから友だちと逢う約束があるので、まもなく店を閉めるつもりでいたから」

申し訳なさそうに預かれないと答えた。何時に戻ってくるかをきくと、夜になるという。こいつは、困った(平気でリュックをしょってのぼるたちなのに、今日はできるだけ荷物を軽くしたいという気持が働いていた)としょげている私を見て、彼女は名案をだしてくれた。私に九九九段を登る気にさせてしまったことに対し、責任を感じているらしい。

この喫茶店の隣りは、彼女の実家で、その玄関前には、竹箒《たけぼうき》とか鎌とか材木の端切れなどへむしろをかけた小山がある、その中へあなたのリュックも隠しておけばよい、だれも盗んだりしないと受けあうのである。

二十年かけた書き込みが、ぎっしりとなされてある

私は、うーんとまたもや迷ってしまった。

見知らぬ客への精一杯の親切だとわかっていたが、リュックの中の本を危惧していた。とりわけ副島種臣の漢詩文集『蒼海全集』が六冊、そっくり入っていた。

万が一、泥棒が盗んだとしても、和綴《わとじ》の紐が切れ、かろうじてクリップで止めてあるものの、ボロボロの『蒼海全集』など、「こいつは、なんだ」とゴミにしか思わぬだろう。こいつが、もっとも困る。ポイ棄てにされてしまうのを、もっとも私はおそれていた。そ

うなれば、捜査願いをだしても、出てこない。

たとえ盗まれても、買いかえればよいではないかともいえるが、そうはいかぬ。詩篇のそばには、二十年かけた書き込みが、ぎっしりとなされてある。自分の見解のみならず、諸書からの引用をふくむので、紛失した場合、已《や》んぬる哉《かな》、もうとりかえしのつかないことになる。

そんな説明を彼女に向ってくだくだやるわけにもいかぬので、エイッ、「お願いします」と頭をさげた。ついに賭けに出たというより、九割八分は安全だと思っている。ただ最悪の事態を怖れているだけにすぎないのだ。彼女に案内されて、むしろの中にリュックを隠した。「大丈夫！」と彼女は私を励ます。

背中のリュックの心配は、もうない。彼女に頭をさげ、五社堂への石段へ向う。身は軽い。長楽寺のそばを抜けると、すぐこんもりした林がはじまる。いや、もうめりはりを欠く石段がはじまっている。

菅江真澄は、「男鹿の秋風」の中で、「自《おのず》からなられる石をたたみて御坂とせり」とその石段について記すのみである。階段とせず、「坂」として捉えている。むかしの人は健脚であるし、真澄は、旅の達人なのである。

自然石からなる九九九段だとは知っていたが、こうも大小ばらばらの石で作られているとは考えてもみなかった。一段の横幅も立幅もばらばらである。寸法がほぼ同じの切石の階段とちがって、まっ平らでない。自然石を利用しているので、でこぼこである。

羽黒山のような切石の階段は、急な傾斜になりがちで、それが「つらい」ところである。この漢の武帝（赤神）を祭ってあるという伝説をもつ五社堂への石段は、けっして急傾斜でないが、一段を二歩も三歩もかけなければならぬほどの幅広の石段があったりする。一休みできて、楽ちんなようだが、とんでもない。平面が均一でないところからくる足腰への負担は、並大抵でないぞと、すぐ合点し、そのとたん我が弱りし腰は耐えられぬぞ、弱っている胸もビリビリに破裂するぞと思った。だが、もう遅い。わが「石段征伐」は、はじまっているのだ。もう登るしか道はない。弱気になっても、心はひるんでいない。

歩きはじめると、林の息づかいともいうべきものが両側からムシムシと迫ってくる。秋冬はまた別であろうが、六月なので、樹木の葉が繁り、枝々が左右から勢いよく突き出して交叉している。イレギュラな石段を登っていると、そういう若葉や枝の中をくぐっていくかたちになる。つまり天井がある。

枝葉のすき間から、青空は覗くものの、まるで緑の濃きトンネルの中を、よいしょよいしょと、ひとりの老人がくぐっていく、という感じになる。老人にとって、「よいしょ」のかけ声は、エネルギーのロスのようだが、むしろそのわが声に、心は紛れて、かえって元気づく。

また心の中では、「一、二、三……」と数えながら、登ることにした。「五十」を数え終えると、かならず休むぞ、と自分へ励ますようにいいきかせた。

この草むす九九九段は、ふつうの一段の二段分あるかもしれず、ならば羽黒山の二千段に匹敵する大魔術である。ただありがたいのは、勾配がゆるやかなことである。一段の幅が広いので、一服にかなっている。石段のあちこちに草が生えているので、ほどよいクッションにもなる。

足をとめて休むと、サーサーと風が渡ってくる。肌は、すでに汗ばんでいるので、涼しいというわけでなく、むしろ粘つく。立ったまま休むのでなく、かならず腰をおろすことにした。いや、腰をおろさないではいられなかった。足腰が弱っているので、「二十」ぐらい数えるともう腿があがらなくなる。「五十」は、強行突破のためのおまじないである。

そうか、「五十」の数は、二十回繰り返せば、「千」となる。たった二十回でいいんだと思うと、元気がでてくるものの、なかなかその回数は増えていかない。「五十」が五回くらいまでは、なんとかなり、休む時間も短く、「よいしょ」と立ちあがれたのだが、次第になかなか御輿《みこし》があがらなくなっていった。

この石段を登ることに決した私の中には、一つの賭けがある。いくら健康であっても、この踏破は至難の技であり、一度くらい成功しても、もう二度と登りたくないと思うほど、たいへんなのだ。なのに体力不調の私が、あえてこの九九九段に挑戦している。いったい、どうなるのか。中途で挫折して、KOとなるのか。完遂すれば、ひょっとして荒療治の効果があらわれるのか。「我れ知らず」、なのである。

段を登りながらも、私は片手にコンパクトカメラを握っていた。記念写真を撮るためというより、長い間の癖で、肉体の一部となっている。あとで旅行中のフィルムを現像して見ると、石段の写真は、たった二枚しかなかった。石段を登る途中で見つけた、古井戸を撮影したものが、他に一枚あるのみである。

この古井戸には、由緒がある。脇にすこしそれて、覗いてみたが、中は真暗なので、なにも見えず、不埒《ふらち》にも私は、井戸の中にカメラを突っ込み、フラッシュをたいて撮影した。菅江真澄の、「男鹿の秋風」によれば、この井戸は、「姿見の井」といい、その水鏡がくもって、姿がぼんやりと映じた者は命が長くないという水占いの井戸だと書いているのは知っていたが、「水鏡」にさえなっていないのである。

いずれにしろ、石段の光景をほとんど撮影していないのは、疲労困憊《こんぱい》して、登りつづける意志だけで精一杯、心の余裕が全くなかったせいである。

突然、わけもなく「本」だけは、困ったなと思った

ある「回」の一休みでは、「自からなられる石」の上に腰をおろしているのさえもつらくなり、ごろんと横に倒れ臥《ふ》した。ストである。もういやだという不貞寝《ふてね》の感じであった。

その時、鶯《うぐいす》が、

「ホーホケキョ」

と鳴いたのである。

嘘だろうと、ぐったりと閉じていた目を薄目に開いて、寝そべっていた半身をおこし、あらためて耳を澄ますと、また「ホーホケキョ」と鳴いた。嘘じゃありません、といわんばかりに。

この日まで、私が鶯の声をきいたのは、たったの一度だけである。それは二十代のころだが、ある年の正月、遊びにでかけた島根の友人の家の庭に朝早くやって来た一羽の鶯の鳴き声を、ふとんの中で聴いたのが、最初である。花札でいえば梅に鶯。鶯が鳴くのは、春だとばかり思いこんでいた。今は六月、本当かと耳を疑ったのだ。鳥の鳴き声の中では、少年時代に北海道の野できいた「カッコーカッコー」の郭公《かっこう》とともに、「ホーホケキョ」の鶯は双璧だと思っている。

私は、むっくり立ちあがった。よし、単純にも「ホーホケキョ」(法《ホー》は、法華経の法か)の声に元気を吹きこまれて、石段を歩きだす。

と、また「ホーホケキョ」。右の林からである。「ホーホケキョ」。こんどは左の林。こんなことが果してあって、よいのか。鶯が、声を掛け合うとは思いもよらなかった。

はじめのうちは、「ホーホケキョ」と、石段をはさんだ右と左の林から、まるで鶯たちが、あたかも鳴き声のキャッチボールでもしているかのように聞きながら歩いていたのだが、まもなく声唱の形式が変った。それは、一方のみの林のあちこちから「ホーホケキョ」の鶯の交歓の声がいくつも起こり、とたんにあたりは賑々《にぎにぎ》しくなったのである。その時、もう一方の林の鶯たちは、心得たといわんばかりに、じっと沈黙している。ひとしきり交歓が終ると、こんどは、俺たちの番だとばかり、もぅ片方の林のほぅから、「ホーホケキョ」の連唱がはじまる。さきの林は御返しとばかり、ひっそりと静まりかえる。かと思うと、いっさいの間《ま》を無視した「ホーホケキョ」の声が、左右の林から鉄砲玉のように入り乱れ、激しく飛びかいはじめる。合唱というよりは、豪勢なる乱唱である。まるで飛びまわりながら雀が囀《さえず》るに近いともいえるが、その鳴き声は、あくまでも清らかである。驚いた。こういうことは、私が知らないだけの話で、鶯の世界では、あたりまえのように行われているのか。

あたかも私は、にぎやかな「ホーホケキョ」の声でわが身を飾られながら、若葉でほのぐらいトンネルの中の石段を、老体に鞭《むち》打って、よたよたと登りつづけるかのようだ。あえて擬人化して言えば、まるで五社堂の森の鶯たちは、「もうすこしだ」「もうすこしよ」と私を励ましているかのようだ。こうなれば、もう頑張って、前へ進むしかない。

鶯の世界には、厳しい縄張りがあるとは知っている。九九九の石段のうち、どのあたりから、「ホーホケキョ」がはじまったのか、よくわからないが、「五十」を数え終えて、ごろんと一休みしている間にも、鶯の音楽会はつづけられ、掛け合いの応酬、連唱、大合唱と鳴き続けていた。また私が登らなくちゃと自分にいいきかせ「よいしょ」の反動で立ちあがり、行き先が見えてこない階段を酔っぱらいのようにして歩きはじめると、「そうだ」「そうよ」と鶯たちも縄張りを移動して飛んできて、そこらの木の枝に停まって、私を応援していたようにも思える。

もちろん、林に隠れて鶯の姿は、見えない。雀のように鶯も飛びながら鳴けるのかどうか、よくわからない。そう感じるのである。このかしましきまでのホーホケキョの鳴き声が、俗に言う「盛り」のためだ、求愛の表現だろうと、まったく考えなかったわけでない。疲労の極にもあったが、そんな分別、頭のスミから追っ払った。この際、もっぱら自分への応援と見なすのが、「九九九」段を登り切るためには、欠かすわけにいかないエゴであり、妄想である。

私の計算では、なんとか七百段ぐらいは登り終えたであろうと思えるところまで、ようやく登りつめた。十分の七、七割、あと三百段か。もうすこしだ、とはとうてい考えられぬ。これまでの経過からすると、気が遠くなる数字である。このあたりまで辿《たど》りつくと、あの大応援団ともいうべき「ホーホケキョ」の声も、ピタッとやんでいた。

あと戻りはならぬ距離まで登ってきてしまっていた。他から見ると、目の前の石に手をつかんばかりにしながら這いあがっているというようなかっこうだったかもしれぬ。構うもんか。だれも見ているものなどいやしない。私はこのつらい階段を独占しているのである。

辛苦の一人芝居だ。そう思うと、また気力が湧いてきて、「一、二、三……」と数えながら、登りはじめる。「三十」近くまで来た時だろうか、ふと前方が明るくなったように感じられた。まさかと思った。頂上は近いぞ、急に元気が湧いてきて、勢いをつけて登りつづけた。

もう「数」もかぞえない。「五十」で、一休みもしない。頭から吹きだす汗は顔に溢れ滴《したた》り、目をふさいで開かなくなっていたが、なんども袖でぬぐっては、老いしケモノの如く、登高を続行した。まるでウキウキした気分である。そしてまもなく、まるでうしろから誰かの手で押し上げられるようにして、漢の武帝の祭られているという赤神神社の五社堂の前へポンと投げだされた。

なんということだ。登り切ったことが、とてつもなく嬉しかったのは、大事実だが、一つ解せないという気も残った。早くも首をひねりはじめている。いつもの「物書き」としての分析癖が戻ってきたのだ。人間、なんとも度しがたい生きものである。

この「御坂」は、ほんとに九九九段あるのか。伝説でそういわれているだけで、正確に数えた人など、これまでいるのか。もともと元気なころの私は、二段ぐらい一緒に股ぐ癖があった。私が数えあげた七百数十段でも、もう充分に九九九段になっていたのかもしれぬ。この「九九九」は、あくまで仮りの数字だ。切りのいい千段とせずに、「九九九」としたところが、怪しい。どのような宗教的策略がこめられているのか。

まあ、もうよせと自分にいいきかせるや、目の前に立ち並んでいる五社堂の全体に向って、私は深々と一礼した。全身、びっしょりと汗をかいていた。ズボンも、じょぼじょぼに濡れている。絞れば、水がでてきそうだ。これまでのたまりにたまっていたわがうちの毒が、一気に外へ出たかと思えるほど、汗だく汗まみれになっていた。

「伝九九九段」の石段の終ったところから、もう小庭になっている。すこし離れた右脇にベンチが一つあった。それに私は座ると、まずサファリの上着を脱ぎ、その下のスポーツシャツも脱いだ。濡れたランニングシャツもそのまま着ているわけにいかないので、それも脱ぎ、まるめてズボンのポケットに押しこんだ。上半身裸である。ハンカチでからだを拭きながら、すぐうしろへ樹木の迫る五社堂のある空間を、おもむろに見廻した。

想像した通り、狭小の空間である。予想通り、退《ひ》きがない。この鎮まりかえった五社の神域は、カメラが侵入してまるごと撮影することを拒否している。敷地はコンパクトであるが、密度は濃い神聖空間で、見上げれば、青空のみが広がっている。まるで青空色の帽子を急にスポンとかぶせられた気分である。

「仙人」たる漢の武帝は、こんなことでは、怒るまいと、上半身裸のまま、誰もいない境内をひとめぐりした。各社殿の裾あたりには、ぐるりと野生の蕗《ふき》が生えている。憧れていた「古蒼」のたたずまいが、そっくりある。とりわけ私の目をひいたのは、社殿の横にある長細い木の檻で、その中に「龍」のような杉の古木が、暴れぬようにと閉じこめられて横たわっていた。

男鹿半島の村人にだまされて怒った鬼（武帝の家来）が、千本杉を引っこ抜き、釘刺しに大地へ突き立てたという伝説がある。これと関係があるのだろうか。それにしても、この寝そべる古木は、「龍」に似すぎている。赤神信仰が、いつしか龍神信仰と合体したのだろうか。その龍が逃げださぬようにと、檻の中に封印しているようにも見えた。

陽がかげって、すこし寒くなったので、私は裸の上へ、じかに手にもっていた半乾きのスポーツシャツをつけ（ズボンのポケットに押しこんだランニングは、濡れすぎている）、サファリコートも着こみながら、突然、わけもなく「本」だけは、困ったなと思った。「死蔵しているわけでない。このまま仕事をするかぎり、増えつづける。どうする気だ、お前」と自分に囁きかけながら、ベンチへ戻った。腰かけながら、「わからない」「どうにもならない」と呟く。急にまた疲れがでてきた。痛いような眠気が襲う。わけもなく、長いベンチの上にごろんとなった。石段で一休みしている時も、なんども眠りそうになったが、「ホーホケキョ」の鶯に励まされて、なんとかなったが、もうだめだと目をつむった。おそらく一時間は眠った。多分、身じろぎひとつせず、死体のように眠りこけたであろう。

眼を醒ますと、熟睡したためか、身も軽く、爽快な気分になっていた。男鹿温泉郷の時といい、この旅は、平気で、戸外で眠ってしまうのである。この他愛なさよ。哀れである。

そろそろ下山しよう。もう一度、五社堂を見てまわり、「九九九」段の入口のところへ来ると、廻れ右して、社殿全体に向って、深々と一礼した。「よし」という声がきこえた気もしたが、この階段といいきれぬ自然石の坂は、戻る時こそ、気をつけねばならないと、同時にもう考えていた。黙っていても、下りはスピードがでる。滑りやすい。でこぼこなので、腰へ負担がかかる。制御に苦労しそうである。学生時代、アルプスの山々を登ったのでそのことは身に沁《し》みてわかっている。

ゆっくり、ゆっくりと降りた。登りも「ゆっくり」だったが、今は五体満足である。足腰がしっかりしている。破裂しそうで、前かがみがちであった胸を勢いよく張ってみる。よし、なんともない。途中、中年夫婦がヨッコラショ、ヨッコラショという風に登ってくるのに出会った。やはり五社堂の参詣者はいるんだと思いながら、すれちがう時、「もうすこしですよ」と私のほうから声をかけた。「ありがとう」の声が返ってくる。

スピードを殺すため、ジグザグに私は降っていたが、夫婦も登りにジグザグの歩きを選んでいる。疲れを少しでもかばうためだが、これは、羽黒山で私は失敗している。登りにジグザグは、三倍余分に歩くことになるので、精力のロスである。そこまでは、口をさしはさむわけにいかないので、そのまま降りつづけた。

それにしても、この自然石をどこから運んできたのだろう。人間どもが運んだにきまっているが、伝説では、村人が五人の鬼をだまし、寒風山から運ばせたことになっている。

村人は一年にひとりずつ娘をさし出すから、かわりに「一晩」で千段の石段を作ってくれるようにと鬼へ要求した。鬼は、たやすしと笑って承知し、さっそく作業にとりかかった。「九九九」段目にきた時、村人のひとりが一番鶏の鳴き声を真似した。朝が来て、鬼たちが村人たちとの約束に失敗したことを知らしめた。

これで、村の娘をさしださないですんだのみならず、五社殿への石段も九九九段と一段不足ながらも獲得できたわけである。人身御供の伝説パターンから、『史記』で有名な中国の函谷関《かんこくかん》の逸話までまじっている。伝説に文句をいってもはじまらぬが、一つ出来が悪く、嘘っぽい。なんとなく黒澤明の『七人の侍』における野武士と村人の関係を思いだした。

とすれば、五社堂で見た龍形の「千本杉」は、まさにその鬼のしるしなのであり、だましたお詫びに彼等を祭らねばならず、怒って暴れられては困るので檻に閉じこめておかねばならぬ。龍形にされたのは、祭る代償に、雨乞いを村人は要求したのだろう。なんと村人はケチで、どこまで欲ばりなのか。お堂が五社なのは、五人の鬼という「五」の神秘数字なのか。しかし「九九九」段には、もっと深い宗教的な秘儀が隠れているようにも思える。

そんなことをあれこれ考えているうち、あっけなく下山は完了した。おそらく降りは、十五分もかからなかっただろう。ただ夕闇は、迫っている。すぐ、気になっていた喫茶店の隣りの家へかけ寄った。いそいでむしろをあける。私のリュックはあった。お宝の『蒼海全集』は、ぶじだった。

「九九九」段の五社堂参詣を決断させてくれた彼女に心から感謝する。なによりも荒療治のよい目がでた。数年来、私を苦痛に顔を歪ませた腰痛も胸痛も、おそらく「嘘のように」みるみる消えていくだろう。彼女にお礼の挨拶をしたかったが、喫茶店はしまっている。熱帯魚は、彼女がいなくても、泳いでいるだろう。彼女は、友人（恋人か）に逢いにでかけているのだろう。

帰りのJR男鹿線は、ある駅から高校生がドッと乗ってきて、にわかに客室は若い生気でむせかえった。四人掛けの席に、私はひとりで座っていたが、三人の女子高生が余りの席に入りこんできて、満杯となった。ピーチクパーチク囀りはじめた。よく笑い、よくしゃべる。いつものようにうるさく感じられないのは、「元気」が戻ったのだろう。

その中の一人が（斜め前）、仲間とのおしゃべりを続けながら、さかんに短いスカートの下の白い足を組みかえたり、胸のくぼみになにげなく指をつっこんだりして、老人をからかおうとする。そのしぐさのたびに、チラリと私の反応をうかがう。一人の男子高生がそばを通り「オッ、お前たち仙人と一緒か」と声をかけた。

と、ここまで書いてきて、思わず笑ってしまう。なんといっぱしの『霊験記』になってしまったではないか。まだ息して生きているかぎりは、神経失調や運動不足による体調不良が、偶然のつみかさねから、めでたく治療へ導いてくれたにすぎぬ、と片付けるべきである。あらたかなる「霊験」のお話に美化してしまえば、せっかくの九九九段の綾《あや》も、切りのよすぎる「千段」になってしまうではないか。

「九九九」段の不完でよい。不完は完全。あと一段で満願の「千」段と解かず（ましてや酔興に実地調査などすべからずである）、「九九九」段の不完こそが、真の「千」段と釈《と》くことにした。学者の序論序説にその続きがないのは、なにも怠けたからでなく、それで終っているからだ。未完王の平田篤胤も、残念なまま死んでこそ満願の「千段」になる。いい気なもんだが（私も未完の仕事が多いので、言訳になる）、そう理屈を組立てると、ずいぶんと気は楽になった。

私の寝床の四囲も、本、本である

つまり、この世に息しているかぎり、私はこれからも「本」なるけったいな妖怪どもと闘っていかねばならぬのだろうな、ということでもある。「本」には、著者や関係者のおどろおどろしたエネルギーがみっしりと詰っている。ひとまず本の解決など考えぬ。わが漫画人生の続行である。

少し大き目の地震があると、わが心やさしき友人たちは、本の下敷になって死んだのではないかと空想（心配）するらしい。今や私は、本という積み木の熟練工になりつつある。

ボールペン党であったが、筆圧が強すぎ、ついに両手の中指を病み、毛筆にかえて、ようやく痛みがとれた。秋田市を訪れた年（一九九八年）、森閑とした山中にある平田篤胤の墓を詣でた。「古今五千載之一人」（山田孝雄書）の碑がそばにある。彼もケンショウ炎に悩まされた。ならば、いずれ毛筆でも限界がくる。

『文學界』二〇〇〇年二月号より

私は、五病の併発に悩まされていたが、秋田市での仕事を終えると、無理を承知で、男鹿半島一周の旅に出た。快天の船川港。風雲の幕末に明治の政治家副島種臣が、官兵をのせた軍艦を率いて到着したところである。（ほどなく、『文學界』に「薔薇香處」と題して種臣の詩伝を連載した）。

'98 5 31

寒風山にタクシーで登る。運転手さんが頂上の広場で、よれよれフラフラの私を記念撮影してくれる。「なまはげ」のぬいぐるみを着た観光係が、退屈をもてあましてか、ブランコを漕いでいる。男鹿半島には、漢の武帝の渡来伝説がある。

200

男鹿温泉郷には、早く着きすぎたので、宿へすぐ入らず、海岸へ散歩に出た。途中、痛がゆいような睡魔が突然として襲ってきた。たまらずと、突堤のコンクリートの上へ仰向けに寝そべって、そのまま一時間ほど眠りこけてしまった。

最北端の入道崎の遠望は、豪壮である。崖の上に咲く足もとの野花は、勁い風にぶるんぶるんと首をふってふるえる。真下には、白濤が荒々しく逆巻く。その彼方は、茫々と霞んでいて、その中から、不老不死を求めて大陸を出た漢の武帝の一行をのせた船の姿が浮ぶ。あたかも幽霊船の如く、揺れながらヌーッと立ち現れる。

東京にいる時から、中国風の面影宿す「五社堂」のたたずまいをこの目で拝みたいものだと思っていた。しかしその建て物は九九九段の石段の奥処にある。体調不良の私はおびえていた。が、ついに決行する。時間をかけ、休み休み登る。草むす石段の左右の森から乱唱する鶯の鳴き声に励まされ、ようやく汗だくで頂上に立つ。五社堂の撮影も忘れて、そこでまたまた、私は眠りこけてしまった。

台所のうしろのスペースには、天井近くまでピラミッド状の三角形に本が積みあげられている。これまでの中程度の地震では、柔構造に積み上げてあるので、びくともしない。

だが、崩れないのは、哀しむべき矛盾である。私にとって本は、あくまで自分の文章を生かしてくれる資料として利用すべきものだからで、建築的に成功して崩れないのは、なまけでもあって、かならずしも喜ぶべきことではない。仕事上の運命でなまけるのだが、必要な本がその山に見つかれば、抜きとらねばならぬから、その時、下手をすれば大音響をたてて大崩壊する。ひとたび痛い目にあうと、（いくらさがしても出てこなかった本がその時にみつかることもあるが）抜きかたがすこしは上手になるものの、やはりどこかに弛《たる》みが生じるから、ちょっとしたことでも、崩れる。この再建築に要する労力は、思うだけで気絶してしまいそうだ。

　意外と危険千万なのは、わが蹴り足の動きである。すなわち後に働く足。前へ進む足は、ぶつからぬように気をつけている。それでも積みあげた本の下部にぶつけたりする。本の山全体は、上から重量を受けて、固い岩石の如しなので、足先きがはねかえされて、つま先をケガしかねない。いやその本も痛む。足との摩擦で本の背がこすれて真白になり、題字が見えなくなっている。つらい痛み分けである。古本屋なら、私にとっては貴重本でも、価値のない粗本である。

　後ろ足は、跳《は》ねっ返り娘で、油断の足である。たとえば、はじめから崩れて床の上に転って小山をなしている本のかたまりをうまく前足で股いだりする時、油断が起る。あまりその動きを気にしないからであり、よしという心の弾《はず》みで、必要以上に後ろ足が高く跳ねあがっており、それが近くの本の山を強く蹴って、崩してしまうのだ。

肩も、危険だ。ここ十年、私は人を部屋に入れないが（座って貰うスペースがないからでもあるが）、本でケガをさせてしまったからだ。本に積み囲まれた細い通路を通るのは、軽業《かるわざ》の綱渡りのようなもので、真直ぐ歩くのは、なかなかむずかしく、どうしてもからだは、左右にぶれる。どちらかにぶれてバランスをとるため、うっかり本棚（そのころは、まだ本棚の本の背が見えなくなるほど、その前に本が高らかに積みあげられてはいなかった）にズシーンと肩をぶつけた編集者がいた。

若い彼は元気がよすぎた。よほど運動神経に自信があるのか、狭い道も、なんのその、スイスイだったのかもしれぬが、油断である。もとより本棚に入った本は、なんともなかったが、本棚のてっぺんに横積みされていた本が、ぶつかる肩の震動で落下し、彼の額に命中、わずかながらも血まで出したのである。

重いだけでなく、本には、角がある。一冊のみでも、当りどころが悪ければ、立派な凶器となりうる。私が積みあげた本は、地震に強いといばったが、一度だけ、寝室の壁の一角に、一つのテーマのもと五列ほど天井まで高らかに積みあげてあった本が、一挙に倒壊したことがある。抜きかたが悪く、全体が不安定になっていたにちがいない。（本を抜くのは、仕事に役立てるため、利用したということで、決してけなすべき行為ではない。本の崩壊をおそれ、抜くのをあきらめてしまうのが、もっとも悪徳だといえる)。

私の寝床の四囲も、本、本である。ふとんの中は、もっとも読書にふさわしい場所の一つである。毛沢東などは、たくさん本を積み置くことのできる特製ベッドを作っている。ふとんの中から手を伸ばして、すぐとれるようにしておきたいのである。だから寝室の近くの本は、当分使わないようなものは、あまり置かれない。

さて、さきの資料本の群れは、私の寝床から、かなり遠く(といっても伸した足の先のあたり)のほうにあった。にもかかわらず、ある真夜中、強い地震があり、たまたま私は寝ていて、その激しい揺れで目をさました瞬間、まるで吠えるような音をたてて本が崩れ、遠くのほうから(頭は逆方向にあるので、そうなる)私のほうに向って、ごっそり列の束のまま倒れかかってきたのである。

本能的に頭だけは掛蒲団の中へひっこめたが、私のからだの上へ、直撃落下した本が、なんどもバウンドして躍っているのがわかる。他の積んである本の群れにも、それらは衝突してなぎ倒しにする。連鎖反応である。私にとっては、仲間割れのようなものだが、一瞬のうち、部屋中は、散っている本で埋めつくされるという惨鼻を呈した。こういう時の本の姿は、みじめで情なく、威厳も愛敬も失って、ただのゴミに見える。

一生、本も読まずに生きていられる人たちにとって、「本」は、いつだってゴミに見えているに違いない。すこしだけだが、うらやましい。このゴミなしに生きられない私は、その支配もままならぬ、なさけなきゴミの大王である。

本の崩壊は、いつだって私をやけくそ気分にする。この地震の時も、寝床の上の本以外は片付けず、ままよと一ケ月ほどそのまま放置しておいたほどだ。ちなみに大倒壊の資料群は、近所の永代橋にかかわるものばかりである。「永代橋」は、江戸の祭礼、大正の関東大震災と、なんども崩壊の憂き目を見ているから、お笑いである。この一群、積み直しの時に、すこし場所を変えた。

本を床に積むというのは、すでに語ったことだが、ちょっとした工芸、職人芸である。うまくいきすぎると、触れるのも、ましてや抜きとるのも断然として拒否するような独立した風格をもってくる。これが、なんとも困る。下剋上《げこくじょう》である。わが自慢の耐震ピラミッドも、その例である。その下部にある本で、必要になってきて、どうしても取りだしたいのに、すべて上から崩していかねばならぬわけで、その労苦を思うと、心は退行し、読むのをあきらめたり、うらめしいが、同じ本をわざわざ買ったりする。

これは、私のなまけから来ているというより、そうさせじとするピラミッドの威容に負けたからである。

このピラミッドの威容の罪は、他にもある。中国の大型の美術書（揚州八怪がらみの本）を収めた納戸のドアをあかなくしている。そのかげには、犠牲となっている「本」の涙がある。ただ近々、納戸の闇に眠っている本が必要になってくる。二度買いするには、あまりに高価すぎるだけでなく、いくら古本屋を足マメに歩いても、まず手に入らぬものも多い。見るのをあきらめるには、仕事の上で、あまりに重要な本でありすぎる。その時は、気は重いが、このピラミッドめを思い切って崩すしかない。その日のことを考えると、(作業中、他の本の山が倒壊するおそれだけでなく、いったん避難させておく場所がない)、寒気だってくる。

あとからゆったりと倒れる本の群もあるのだ

電話のベルの音と玄関のブザーの音、ともにうるさいが、便利な文明器具でもある。このおかげで(特に電話)、時代遅れな「物書き」をなんとかやってこれたともいえるが、しばしば私にとって、本の崩落を誘発する二つの「敵」である。その「敵」は、わが中にこそある。発信者のほうには、なんら咎《とが》めるところなし、というところが、なんともつらく、いらだちもする。

私の黒電話は、旧式のアナログである。部屋のあちこちへ移動できるようにと、長いコードもついている。デザインは、気にいっている。新しい器具にとりかえるようにと、しつこく民営となったＮＴＴの案内を受けるのだが、しつこく断っている。

この長い移動自在のコードが、くせものである。電話がかかってきて、そのすぐそばに居ない時、本の谷間の中を動きまわる。なかば駈け足で、心はせいているので、あちこちの本の群をひき倒してしまう。

直しているひまはないので、電話のある場所に急行し受話器を取る。その途端、向うのほうで、砂煙りをあげて本の崩れる音がする。その場で崩れず、まるで意地悪するかのように、あとからゆったりと倒れる本の群もあるのだ。

アーッと大きな悲鳴をあげてしまうので、電話の相手は、どうしたものかと、びっくり仰天する。事情をきいて、自分が掛けなかったなら、そうならなかったのにと考えてしまうのか、すみませんと謝る人もいる。まったく、こちらの事情で、いっさいの咎《とがめ》などない。びっくりさせて、こちらこそが悪いのである。

動きまわらなくても、電話は危険な道具である。本と同様に電話の置場所さえない。机に向って仕事をしている時は、目の前に積んだ本の上に置く。電話が鳴る。手を伸して受話器は取れても、固定しているわけでないので、本も一緒に引っ張ってしまう。ここで、また「アッ！」である。

あわてると、ろくなことはない。伸した左肘が（利き手の右には、たいてい筆を握っているので、そうなる）その時に左の本の群れとぶつかって、崩れそうになる。いったん握った受話器をほうりだして、そうはさせじと手で防ごうとする。そのはずみに、こんどはうしろの本にからだがぶつかって、ウワッと前倒しになってくる。なにしろ左の本が崩れそうなのを両手で抑えこんでいる。後方の本は、背中をつかって抑えこまねばならぬ。むかしのドタバタ映画は、よくできているといわねばならぬ。

電話の位置は、机のそばとかぎらぬから、ベルが鳴った時、遠い場所にいることがある。遠いといっても、七、八歩の距離であるが、あちこちに積みあげた本が谷間を作っているので、ひとっ走りというわけにもいかぬ。掛けた側としては空信号が、七、八回から十回、時には二十回がまんしても続くということで、私がようやく受話器をとった時は、待ちきれなかったのか、しばしば切れていたりする。私はといえば、急いで駈けつけた際、本を蹴っとばしたり、本に腰をぶつけたりする。ドッと本は崩れる。

特に眠っている時、遠くにある電話で起された場合、まだ目があいていない。なかば眠ったまま駈け寄ろうとするので、あちこちの山にからだをぶつける確率が大きい。私は、寝る時間をきめていないので（昼間、寝ていることが多い）、相手には、なんの咎もない。留守番電話などは、この弊を多少は防ぐのだろうが、つける気はないので、こういう迷惑とかかる滑稽は覚悟しなければならぬのである。我れながら、うんざりして、物書き商売など、一層のこと、よしてしまおうかと思うことがある。

このていたらくは、そっくり玄関のブザー音にもいえる。一度鳴らして、相手がすぐ出てこないと、宅配便の配達人などは、いらいらして、何度も何度もブザーを押す。狭い空間でも、奥の部屋にいれば、すぐ玄関に駈けつけたとしても、十秒はかかる。しかも魔の廊下を通らねばならぬのだ。私は、カンシャクをおこして、配達人を説教する時がある。「やたらにブザーを鳴らすな。忙しいので、あなたがいらいらするのは、わかるけど、自分の家の場合で考えて見ろ。いつも宅配便のためにと、玄関の前にどっかと座って待っているか」

中に口答えする配達人もいるが、たいていは、「ハイ、そうですね。玄関前に座ってありません」とペコッと頭をさげる。客とはケンカすべからず、とでも指導されているのだろう。

私は、古本屋の通信販売書目で、もっぱら本を買う。資料がらみの仕事が多くなったためだ。古本屋へかよう時間がなくなったからでもある。注文しても、当る当らないがあるにしても、闇雲にさがしまわる古本屋よりも当てになる。

住所をどこで調べるのか、だれが教えるのか、全国から目録が送られてくる。一日に二通、三通と舞いこむ。資料本は、たえず情報に目を光らせておかなくてはならぬので、ありがたいが、払いがたいへんだ。しょっちゅう払いが遅れて、迷惑をかける。目録は、たいへんな誘惑物である。つい注文してしまう。もう送ってくるな、と腹を立てることもある。

目録は、読書として、たいへん頭の使う面白い読物だが、一日二、三通ともなれば（中には、大冊の目録もある）、時間を奪われることおびただしい。宅配便がひんぱんにわが家を訪れるようになったのは、古本屋がこの便を利用して、抽選で当った本を送ってくるためである。

もちろん書目の注文品は、郵便局の小包み便も利用される。この場合、二十年近く、同じ老配達人（私より、三つ四つ上か）が持ってきてくれる。陽気な人で、玄関先に現れた私を見るや、

「先生！　また本が増えましたねえ」

といつも同じことをいう。

これが、彼流の挨拶のしかたでもあるが、長い付き合いなので、本の増え具合が、一目でわかるのである。いつであったか、ブザーが鳴ったので、出ていくと、玄関に黒の雨合羽の老配達人が立っている。外は、雨だとわかる。ブザーを鳴らしたあと、鍵がかかっていないとわかれば、ドアをあけて玄関先に立ち、「先生！」と叫ぶのが、彼の習慣なのである。私は彼に文句を言ったことがない。

ちょうど、その時、廊下は崩れた本で埋っていた。領収したというサインをするため、崩れた本の上を踏みこえて、玄関先まで出動しなければならぬ。「先生！　滑るから、気をつけてえ！」と叫ぶ。私の職業を彼は知らないが、たくさん「本」があるので、「先生」なのである。

それにしても本が「滑る」とは、よく知っているな、と思う。老いると、足の指先の神

経が弱くなる。本を踏む時、足の指を爪のようにして抑えこまないと、ズルッ、或《あ》いはツルッツルとその用紙の質に合せて、まるでスキーのように「滑る」のである。老人が、よく風呂場で骨折するのは、足の指の劣化がその原因だろう。私は、下駄の愛好者なので、かなり足の指を鍛えあげているつもりだが、このごろは、すこし自信がなくなりつつある。本を踏まねばならぬ時は、よほど用心してかからねばならぬ。

この本を贈るべきか贈らざるべきか

留守の時、宅配便を預かってくれた（今は、事故が起ると、めんどうになるというので預かってくれない）マンションの管理人が退職するというので、お別れに自著を一冊贈ることにした。「このごろ永代橋の下を流れる隅田川べりを散歩しているんです」と言ってたので、そのあたりのこともすこしは書いてある『散歩で三歩』という（ママア豪華本のうちである）本がよいだろうと思い決めた。

はじめその本は、出版元から送られてきた二十冊ほどが、梱包したまま、玄関脇に積んであったのだが、その上にもどんどん本がのせられていくので、もはやとりだせなくなっていた。しかたがないので、必要になった時は、梱包の紙を破って、引っぱりだしていた。こんども、その紙包みの中に手をつっこむと、いつのまにやら（人にあげてしまうので）一冊だけしか残っていなかった。危いところだったと、その一冊を抜き取ろうとしたのだが、びくともしないのである。

こうなれば、横着をやめて、上の本をとりのぞくしかない、と勇を鼓して作業を開始した。まず玄関のドアをあけて、上積みの本をみな外の廊下に出すことにした。これがその手順というものである。ところが、途中で大崩れしてしまい、狭い玄関口は、たちまち本で埋ってしまった。笑え笑え、もう笑えである。

「俺は、もう知らん」であったが、プレゼントを決心したからには、そうもいかず、埋った本を始末すべく、つぎつぎと外へ運ぶことにした。ようやくダンボールに梱包したところに行き当り、残り一冊の『散歩で三歩』が出てきた。それを見るや、思わず口惜しくて涙がこみあげてきた。この本を贈るべきか贈らざるべきか、しばし迷った。

『散歩で三歩』は、部厚い箱入りの本である。梱包をといているうち、わかったのだが、玄関脇に置かれた時のかたちは縦であった。ならば本も縦である。とすると、二十冊を詰めたはじめのうちはともかく、たった一冊になってからは、いわば片足一本で、天井までつぎつぎ積まれていった本の全重量を、長い間にわたって、けなげにも支えつづけていたことになる。もちろんその箱は、無傷のままでありえず、グニャリとひんまがっていた。

素手もグローブ——戦後の野球少年時代

富岡八幡の骨董市で、ふと見かけた野球のグローブ。今はグラーブと表記するらしいが、私にとっては、あくまでグローブ。なつかしさのあまり、思わずカメラに収めた。物不足の戦後のものというより、戦前のグローブか。

この地震の揺れかた、いつもとチョット違うな

部屋が揺れている。

この地震の揺れかた、いつもとチョット違うな、と思いながら、ふとんの中で目をさましたのをよく憶えている。

その日は徹夜仕事のため、昼間から寝ていた。目が覚めると、部屋のあちこちで、ドッドッと床につみあげた本の崩れる音がしている。どのあたりが、やられたかなと、苦笑している。そのうち、顔の上にも、本が二、三冊ハラハラと落ちてきた。咄嗟《とっさ》に掛け布団の中から腕が出たのか、手首を返して、二、三冊、左右に振り払っている。頭の上に落ちてきたのは、はじめてだ。

地震で目覚めたといっても、まだ目をつむったままである。どうして頭上めがけて落下してくる本がよくわかったなと、あとで思いかえして、不思議な気もするのだが、そうなのだから仕方がない。どうやら人間、目を閉じていても、物の気配が見えるのである。

本なるものは、その角に当れば人を殺傷しかねない凶器でもあるので、大きな地震の場合を考えて、寝床の頭上にだけは、置かないようにと気をつけていたのだが、月日とともに本は増殖しつづけるので、そんな悠長なことも言っていられなくなる。いつしか、枕元のそばまで、積みあげられた本で、断崖絶壁をなしている。その真下に寝ているのである。

ただ、これまでの地震では、この頭上一角のみは、びくともしなかった。本の積みかたは、レンガ積みにも似て、いわば一種の建築設計である。よほどうまく積みあげる按配《あんばい》に成功していたのかと、内心自慢していたものの、阪神大震災のようなものに出会えば、ひとたまりもないだろうな、という不安は、いつもあった。

それが早くも適中してしまったわけで、顔面に振りかかる本をパッパと払いのけながらも、ついに来たなと、心中ニヤリ、笑っていたのだ。

中学生の時、授業中に十勝沖地震を経験しているので（この時は、大失敗を犯している）、それが教訓となってか、なまじの地震では、あわてないのである。かえって心が落着くという奇妙な可愛げのない癖がついている。だから逃げたりしない。この時も、しばらく布団の中に入ったまま、あたかも揺れを味うように、じっとしていた。

その間、本は顔面を襲いつづけている。最初の直撃弾は払いのけたが、後続の本も、しきりとなく降りそそいでくるわけで、つぎつぎと手でカッパじくわけにいかない。地震の揺れが止んだ時は、本で顔も埋まっていた。ただ片腕で顔をふせいでいたので、十数冊が顔面を重く覆っていたものの、すぐ払いのけることができた。他の落下本は、枕元の左右に重なり合いながら散っている。顔は、カスリ傷ひとつ負っていなかった。

しばらくして、また地震の揺り返しがあった。また、本の崩れる音がする。揺れは小さく、まもなく止んだ。やれやれと、本の被害状況を調べようかと、布団の中から起きあがってヨイショと声を出して立ちあがろうとした。オヤ、からだがビクとも動かないではないか。どうしたものかと見ると、首から下、胸や足もとにかけて、本がドッサリと堆積していた。

なるほど、である。私は、声を出して笑ってしまった。わが寝床は、頭上のみならず四囲が積みあげられた本の山である。それがみな崩壊していた。頭に本が当るのを防ごうとするあまり、他の肉体部分への落下をすっかり忘れていたのである。人間の神経というものは、なんとも便利にできているというべきで、キテレツそのものである。頭上のこと以外は、すっかり忘れているというのが、集中力というものなのだ。

下半身は、掛け布団と毛布で、二重におおわれている。そのクッション効果によって、衝撃がやわらげられるので、第一弾の本の襲撃をしのげれば、そのあとに積みかさなってくる本などは、たいしたことはない。屁の河童だと、心身に備わる「防衛本能」、あるいは「無意識」とやらが、チャッカリ、キッチリと判断してくれていたのだろうか。

私の「意識」のほうは、もっぱら頭上に落ちてくる本だけに集中していればよかったのである。もし下半身に落ちてくる本にも私が気づいていれば、かなり重く、痛くもあったはずであるが、それよりも、頭への集中力が、おろそかになったにちがいあるまい。

一冊ずつ、ゆっくり胸や足の上の本を始末し終え、ようやく布団の中から脱けだし、ヨシと立ちあがるや、廊下や他の部屋の状況を視察してまわることにした。３ＤＫくらいの大きさしかないのに、心は深い森の中を歩くが如しである。崩れて散乱している本の上を歩くので、足がとられ、ズルリと滑ったりする。一メートル先へ進むのにも、難儀を極める。

七割がた、書棚に入りきれず、床に積みあげられていた書群は崩壊していた。新記録だな、と呟く。元へ戻すことを考えると、溜息が出る。

実際にも、完全復旧まで、二十日間ほどかかった。積み直しは、なんといっても「知的作業」なので、人に手伝って貰うわけにいかない。ただ片付けるだけでは、あとで本が利用できなくなる。あの本は、ここの山。この本は、こちらの山の中と、いちいち確認しながら直すのである。忘れるにしろ、頭にインプットだけはしておかなくてはならぬ。

地震なるものの神秘を大いに感じいっていた

それでも、すこし助かった気持になれたのは、マンションの各部屋の四囲にめぐらされている書棚の本が、あまり飛びだしていなかったことだ。ふだん、書棚の本は、床に積みあげられた本で、目隠し状態になっている。利用しにくいので、私だって困っているが、書棚の本だって（もし本に魂あらば）、たまには手にとって、利用してくれと叫びたいはずである。

本当は、（新潟地震の余波と思われる）このところの東京では珍らしいあの大揺れで、この時とばかりに飛びだしたかったのかもしれない。どうやら、その前に重畳と山岳の如く何段にも積みあげられた本の崩壊によって、勢いをそがれて、飛びだしを防がれてしまったようなのだ。いわゆる先がつかえて、ままならぬということだが、私にしてみれば、ぶじ温存されたということで、片付けに苦労しないですむ。これも、まあ、一種のクッションョン効果ではないか。

この本の大崩壊で、本の所有者としては、歓喜した側面もある。いくら探しても見つからず、泣きべそかいて、利用するのをあきらめていた本が出てくるからである。まあ、今ごろ出てきてくれても、遅すぎる。

他にも不思議だったのは、ふだんでも、チョット肩が触れただけでも、ドドンと耳を手でふさぎたくなるような大きな音をたてて崩れてみせる、床に積みあげられた本の或るブロックが、泰然として、無傷のまま屹立《きつりつ》していたりすることだった。

地震なるものの神秘を大いに感じいっていた。おそらく、その都度の波の違いで、擬人化していえば、そのたびたびの地震がもっている個性というか、性格によるものなのであろう。地震が来て揺れると、その波の動きにじっと耳を澄す癖がある。どのあたりが崩れるかな、と推理する楽しみもあるが、その個性を見極め、それによってあわよくば、今後の本の積み直しに役立てようとしている、のかもしれないが、あまり当てにはしていない。

いずれにしろ、眠っている私の頭上を直撃した「本」の牙を「みごとに」回避しえたのは、わが手首の返し技のせいだと思っている。

「本」の牙を「みごとに」回避しえたのは、わが手首の返し技のせいだ

それは、中学時代まで、野球をやっていたせいである、と信じている。そういっても、またまた（嘘をついて）といって、誰も信じてくれやしないことは、よく承知している。やせぎすでヒョロヒョロしていて、「誠《まこと》」、その上、不器用ときているので、無理もない。その上、もはや老人ときている。そんな器用なこと、できるはずもない。

だが、少年時代に野球で身につけた「手首の返し」で、命拾いしたというのは、嘘から出た「マコト」ではない。ペンを動かす原稿商売を長くつづけている、そのせいもあるのかもしれないが、手首は、老化しないのだ。

言えば、みな笑うのだが、中学二年生の時から正選手であった。三年生では、キャプテンである。守備は、ずっとセカンド。打順は、ずっと二番。「どうせ弱いチームだったのでしょう」とからかうものもいるが、北海道の十勝地区（県大会と考えてよい）で優勝もしているし、私が二年生の時は準決勝にまで進んだ野球の名門中学なのである。「二番で、セカンドだなんて、器用じゃなければできないよ」と、わかった風なことを言って、ますます信じないものもいる。

ダブルプレーの「名人」で、守備は、二年三年とノーエラーである。打撃は力不足だったが、四球は多かったし、ライト打ちを得意とし、ランナーを塁に進める送りバントにいたっては、百発百中だった。欠点は、腕力不足と鈍足である。

このように口でいったり、文章に書いたりすれば、自慢たらたらにきこえるかもしれないが、当時の野球仲間だって、わがノーエラーの認識などはなく、バントなど地味すぎて、おそらく私のプレーは、印象に残っていない。

だれだって野球部に入れば、快投乱麻のピッチャーか大物打ちのスラッガーを目指すので、評価の対象にならない。

今でこそ「キー・ストーン・マン」といわれるセカンドや先取点を奪うべく前後の打者につなぐ二番バッターの役割の重要性は、常識になっているが、それでもなお地味である。「二塁手は、遊撃手・三塁手に比して、走力がなくても、又弱肩であっても、勤めうる」なんとも小馬鹿にした「文言」ではないか。それにしても、少年時代の私そのものである。

先日、東京ドームにある野球博物館へ行って来た。古いグローブのかたちをこの目で見たかったのと、その附属図書室で、グローブの歴史や二塁手について、どのように野球技術書は語っているのか、調べてみたかったからである。

右の引用は、村瀬保雄の『野球技の秘訣守備篇』（新日本出版）にあるもので、昭和二十二年の刊で、私が野球をはじめたころのものである。さらに走力がなく弱肩であっても勤めうる理由として、村瀬は次の如くいう。

「何んとなれば、二塁手の一塁に対するプレイは、遊撃手や三塁手程《ほど》、急を要さないからであって、走力に優《すぐ》れ、しかも強肩であれば、殊更《ことさら》いいことである」

まあ、その通りである。一塁との関係から、サードやショートにくらべ、鈍足でも弱肩でも、なんとかなるといっているのである。プロ野球でも、たとえばショートの肩が弱くなってくると、二塁手にコンバートされるのは、そのためだろう。村瀬は、セカンドの適性として、

「身体《からだ》のやはらかい人が最も適任で、前後左右、何《いず》れにも自由に身体を動かし得る人で、然《しか》も二塁へ辷《すべ》り込んで来る走者と衝突することがあるので、大胆な人を選ばねばならぬ」

うーん、からだは柔かったかなと思うのだが、左右前後によく動いたのは、たしかで、それがノーエラーにつながる。大胆だったと思えないが、走者をかわすことができたので、ダブルプレーができたともいえる。

おそらくセカンドのポジションを弱肩の私にあたえ、足が遅いのにバントのうまい私を二番打者にすえた二年生の時の野球部の監督は、私の地味な能力をわかってくれていたということになるのか。事実、「お前は不器用なのか器用なのか、一つわからんやっちゃな」と、首をひねりながら監督に言われたことがある。

そんなこと言われたって、私だってわからないが、自分なりの理屈はある。

足が遅いのに、しばしば盗塁に成功したのは（監督はスチールのサインを私にだしたことはないので、勝手に走る。ベンチの仲間から、あのバカ、足が遅いのにという悲鳴が、力走している自分の背にもきこえる）、相手の投手が油断している場合、いかに鈍足でも、タイミング次第では、楽々とセーフになるとわかるから、走るにすぎない。わが少年時代のヒーロー、巨人軍の四番打者、「弾丸ライナーの哲」と言われた川上哲治が、鈍足なのに、時にチーム内の盗塁王となったりしたのも、同じ理由からだろう。

みんながむずかしい、というライト打ちが案外と得意だったのも、簡単な理由からである。わが非力を逆手にとると、ひとりでに打球は勝手にライトへ飛んでいくことを知っていたからだ。

私だって、レフト方向に引っ張りたいのは、やまやまなのだが、シューッと唸りをあげて速球を投じてくる剛腕ピッチャーにかかっては、どうにもならぬ。（私は長い間、シューッと音のする球をシュートボールと思いこんでいた）。

その対抗策として、故意に力負けして打っただけである。必ずライトに飛んでヒットになる。ただし、インコースの場合だけだ。

ところがアウトコースの球は、バットの振りが鈍いため、相手投手のスピードボールに負けて、どうしても駄目だった。

つまり流し打ちができなかった。バットを出した時は、もうキャッチャーミットの中へあざけり笑うようにボールは小気味よい音をたてて収まっていて、前のめりのぶざまなかっこうで三振し、スゴスゴとベンチに戻るしかなかった。

恥ずかしくて監督やナインの顔が見られない。三振ほど、かっこ悪く、つらいものはない。プロでも同じだ。

三振の場合とかぎらず、好機に凡打した選手が、首をひねりながら打球の方向を眺めつつ、ゆっくりベンチに戻ってくるのは、なにも口惜しがっているのではなく、あいつ、なんだというベンチの冷い視線がこわいからである。

巨人の清原選手のように、むずかしいアウトコースの球をライトスタンドにほうりこむような器用なことは、少年時代の私に、できるはずもない。清原の場合、あたかも左へ引っ張るが如く、右へ力強く反対方向へ振り切っている。けっして流し打ちではない。

私の場合、インコースへのライト打ちは、あくまで力負けでしかない。振り遅れである。インコースをレフトへ引っ張ることもできない非力さゆえ、結果として、球を懐に深く呼びこんだかたちになり、がらあきの右中間を割ったりする。

まあ、これも一種の流し打ちだが、バットを振りまわす強打者には、できないわざである。面白くなって、故意にやるようになっていたから、まあ、変種のテクニックぐらいにはなっていたのだろう。仲間にアウトコースの球をチョコンと当てる流し打ちの名人がいたが、あんなことはできない、羨しくてならなかった。彼こそが、真の器用というのだろう。

いくら面白いといっても、私の右打ちには、矛盾がある。ライト正面の方向、振り遅れた球がフラフラと飛んでいき、キャッチされずにワンバウンドになったと見とれば、いかなる鈍足の私でも、ゆっくり走ってセーフである。だが、なまじ右中間を真二つに割ったりして、二塁打コース三塁打コースになると、ケンメイに走らねばならぬ。

ボールの行方を見定めた一塁コーチやベンチの仲間は、すぐ息切れのする鈍足の私を忘れて、やたら大声で手をふりまわして、「走れ、走れ」と叫ぶ。

まるで拷問である。二塁ベースに到着した時は、なさけないほど、両足がガクガク慄《ふる》えている。生れながらの鈍足だけでなく、足腰をきたえるためのランニングが大嫌いだった、そのことのたたりともいえる。

野球で鍛えた手首《リスト》の強く柔く速い返しのせいではないか

ただ、むずかしさを可能にした右打ちに関しては、非力の応用だけでなく、手首が柔らかく、かつ強かったからだという自負の念もどこかにあるのである。

レフトに引っ張るのは、気持のよいものだ。バットを振り切るためだ。振り切れば、当った球は鋭く飛んでいく。球の遅い投手だと、私でも振り切れる。しかし、球の見切りが

早すぎてか、左にファールばかり打った。それは、腕力はないが、リストだけやたらと強すぎたせいだったようにも思われてくる。

ファールを打っているうち、こんどは、ファールそのものが面白くなる。試合で八本も連続してファールを打ったことがある。三塁のベース脇を鋭く飛んでいくライナーなどを見て、ベンチは「ああ、惜しい」などと、頭をかかえて天を仰ぎ、残念がっているが、私はわざとファールにしているのである。こんなことをしてしまうので、結果としては、私の打率は、低かった。

さきの地震の際、顔に落ちてきた厚冊の本を、当る寸前でつぎつぎと撥ねのけえたのは、ひょっとすると、少年時代の野球で鍛えた手首《リスト》の強く柔く速い返しのせいではないかと、ふと思った。この時、麻雀の時に私をからかう中山千夏さんのしぐさが、なにとはなく想い浮かんだ。

このごろは、老化にともなうメンバー不足で、めったにやらなくなったが、千夏邸で開かれる「花林舎マージャン」のはなやかなりしころ（いつも徹夜マージャンである。時には、三日も四日もやった）、ふらっとオーナーの彼女（めったに仲間に入らない）は「面白い？」などといって、男たちのあさましき闘牌ぶりを覗きにやってくる。

私が積んだ山から牌を引っ張ってくる時、いかに必要以上に力をこめるかのしぐさを真似して、からかったりもする。これが、なんともくさる。

自分の無意識のしぐさなど、見えないものだが、麻雀仲間に言わせると、私の牌の引っ張り具合で、今どの程度の手役を作っているのか、たちどころにわかるのだという。なんとも不快にして、不本意な言い草である。

彼女は、私が腕を伸ばして山からツモってきた牌をグイと手元まで引っ張ってきて、ひょいと、裏返し、パッとその文字面（模様）をたしかめる際の我がしぐさをそっくり真似て、みんなに実況して見せる名人なのである。

ツイている時は、寛大にその滑稽なしぐさも、そうかもなと見ていられる。ツイていない時は、その滑稽さにたえられず、憤然としてしまう。

さすが名子役、物を見る目が、そのまま手にも伝導してしまうのか、惚れ惚れするような手首のひねりで、あまりにみごとなので、ムッとする。おそらくその通りなんだろうなと思いつつ、そういう彼女も、手首が相当に強く柔いに違いないと思う。それでも、

「あのね、千夏ちゃん。オレ、中学時代に野球をやっていたんで、スナップスローの癖がつい出てしまうんだ。大きな手の時も小さな手の時も、同じなんだ」

つい声をあらげて抗弁してしまう。これでは、かえってわが手のうちをしらせてしまったようなもので、クセの防御にもならない。

「猛牛」といわれた千葉茂のダブルプレーのシーンだ

たしか小学校五、六年ごろ（昭和二十三、四年）、巨人と阪神が帯同して、北海道の我が町にもやってきた。巨人の川上哲治も青田昇も、阪神では別当薫も土井垣武も来道していた。

熱狂的な野球少年であった私は、親にねだって前売券を手にいれ、右翼の外野席から試合を見物した。勝負の行方は、忘れてしまったが、いまでもよく憶えているのは、巨人軍のライト（右翼）には、打撃を買われて、のちに（昭和二十五年）パーフェクトゲームを達成した投手の藤本英雄が、守備についていたことだ。

そして、まもなく試合がはじまると、彼の守るライトに凡フライがあがる。オーライ、オーライと声を出して、うしろにすこしさがった彼が、とつぜん太陽光線でも目に入ったのか、球を見失って、凡ミスを犯してしまった。

その時、彼はあわてた。どこだ、どこだと両足をドタバタさせたので、芝生の草が泥と共に宙にすこしはねあがった。同時にスパイクの裏の金具が、シャンシャンと鈴のような美音を奏でて鳴ったのをよく憶えている。右翼席の真ん前に座っていた私は、彼の真うしろから見ていたのである。

もう一つよく憶えているのは、巨人の二塁手にして二番打者で、「猛牛」といわれた千葉茂のダブルプレーのシーンだ。

無死で走者一塁の時、阪神の打者が、ゆるいショートゴロを放つ。この時のショート・ストップは、白石だったか手塚だったか平井だったか、忘れてしまったが、勢いよく突っ込んで球をとるや、素早くセカンドベースに入っていた千葉へトスする。あっという間にダブルプレーが完成し、たちまち二死無走者となって、阪神は好機を逸した。

この時の千葉のプレーは、少年の心に焼きついた。二塁のベースに入った千葉は、なんと案山子《かかし》のようにじっと一本足で立っているではないか（そう見えたにすぎないのか）。ショートからの球を受けとるや否や、目にもとまらぬ早さで、一塁の川上へ送球し、封殺を完成している。

川上は、万雷の拍手の中、口を正方形に開いて、ニッコリ笑って観客に答える。その顔が、右翼席からでもよく見えた。千葉はといえば、グローブをポンと叩いただけで、こんなもの当たり前だといわんばかり、怒ったような顔して、二塁のポジションに戻った。

「うーん、さすがプロ野球。千葉は凄い」

と唸ってしまった。

たしか、まだ小学生だった昭和二十四年ごろ、オドゥール監督の率いるアメリカの３Aのプロ野球チーム「サンフランシスコ・シールズ」が来日した。

十五戦十五勝（記憶では、そうだが、記録では七戦全勝らしい）で帰っていったが、ラジオに齧《かじ》りついて、その実況放送を聴いた。最終戦は、六大学選抜チームとの対決で、法政の左腕関根潤三（のちにプロへ入って打者へ転向、監督にもなる）が快投したが、惜敗した。

シールズのオドゥール監督の笑顔は、『野球少年』や『ベースボール・マガジン』などで見ていて、今でも鮮明だが、大リーグ時代、どのような成績を残したのか、よくわからなかった。

昨年（二〇〇四年）のイチローの最多安打記録達成の時、それまで一位であったシスラーに、三本差で二位である選手の名に「オドゥール」とあった。ひょっとすると、彼のことではないかと思ったが、果してそうだった。なかなかの名選手だったのである。

もちろん、中学生になると、すぐに野球部へ入った。夢は、プロ野球入団である。えっ、不器用なお前がかい、とあざ笑うなかれ、「野球少年」なら、うまかろうが、なんであろうが、だれでも、そう夢見るのである。

一年生から正選手になれるのは、稀《まれ》だが、たくさんいた新入部員のうち、四人だけが補欠に選ばれ、その一人にはいった。私は、監督の先生へ、希望のポジションの申告をしたわけでもない。それなのに、二塁の予備を命ぜられた。

走力不足、腕力不足であることは、野球部に入って、すぐ思い知らされたが、キャッチングだけは自信があり、それが認められたのだろうか。

シートノックで、セカンドベースに入る際、片足をあげっぱなしの千葉選手の真似をして、先生にデモンストレーションしたわけでもない。ただ千葉がなぜ一本足で二塁ベースの上に立ち、もう片方の足は腰のあたりまで高く挙げられているのか（ショート、サードの投球コントロールを信用していないと、危険なスタイルである。その時の千葉の応用ぶりについては見ていない。自分で工夫するしかない）、それはすでによくわかっていた。受けたボールを素早く投球するためである。片足で立っているのは、なかなか骨は折れたが、そのほうが、腰のためができて反動がつくし、封殺を志して一塁へ投球するのには、オーバースローでは、間に合わぬので、手首をきかしたスナップスローでなければならぬ。千葉茂のダブルプレーを目撃した時から、私は真似をしていたのは、事実である。（ゴロがセカンドに飛んでくれば、捕球したのち、横手投げ、下手投げになる。二塁へのゴロは、当りそこねやひねくれ球が多いので、素早く対応するには、そうするしかないし、一塁手との距離が短いので、悠長な上手投げの必要のないポジションなのだ）。

そもそも野球をはじめたのは、いつごろからであろうか。GHQの占領統治のための3S（スクリーン・スポーツ・ソング）愚民政策により、野球が奨励されたので、素直に従った結果だともいえるし、明治以来、アメリカで誕生した野球《ベースボール》が、世界の中で根付いた唯一の国が、日本だったのであってみれば、その復活もまた早かったのである。

たしか『ホームラン狂時代』という歌手の灰田勝彦特別出演の映画を小学生時代に見た

記憶がある。「今日は、暑い日だな」「うん、汗が出てたまらんな」と言いながら、灰田勝彦が額の汗を手でぬぐいつつ、球場のダッグアウト前で肩馴らしのキャッチボールしているシーンをなぜか憶えている。実際にもそのような場面があったのかどうか。それにしても、つまらぬセリフを覚えているものだ。

軍国少年の末端の世代であった

日本が戦争に敗けた年、私は国民学校二年生である。毎日、登校の際には、木刀をもって家を出た。大きくなったら大将になると答えるのが当り前であった軍国少年の末端の世代であった。

父は、陸軍大尉の中級将校で、熊本で敗戦を迎えた。剣道六段であった父は、教育系の将校だったらしいのだが、職業軍人であるといっても（歩兵学校か戸山学校卒とか、きいた憶えもあるが、陸軍士官学校卒ではない）、純粋な職業軍人ではなさそうだ。

父とは生前ほとんど言葉をかわしたことはなかったので、その経歴がよくわからない。きいていたとしても、憶える気がこちらにない。不徳の息子のような気もするが、まあ今さら、くやんでみてもしかたがない。

母の家系は、グリーンピース（えんどう豆）の成金一族で、母は女だてらに北海道の利権を切り盛りしていたが、戦争中は、統制のため雑穀問屋の商売ができなくなり、倉庫群も軍にみな収用され、かわりなのかどうか、地元の高射砲部隊のパン製造を、一手におさめていた。

そのためか食糧難の戦中戦後、食べものに苦労したという記憶がない。敗戦後も砂糖や小麦粉が豊富に残っていた。チョコレートさえあった。

そのためか、六・三・三制になってからの戦後の小中学時代、ずっと私は「非国民」意識があった。遠足などは、同級生の視線をはばかって、おにぎり一個にしてもらうという偽善少年ぶりであった。大人になってからも、戦後の食糧難の苦労話を楽しそうに仲間たちがしゃべくっている時、そうだそうだともいえず、じっとおとなしく聴いているしかないのも、案外とつらいものだ。

ゲートルのほうは、ほとほと参った

国民学校一年生の朝礼の時、全校生を代表して、校長に向って「礼」の挨拶（大きく声を出して「レイ」と叫ぶ）をさせられた記憶がある。あれは、田舎では、珍らしい将校の父に対する学校側のおべっかだったのではないかと、疑っている。

中学卒業するまでの私は、一応の優等生だったにちがいないが、昭和十九年に国民学校へ入った時は、漢字をすでに沢山知っていたものの、一から十までを正しく言えず、また「8」の数字がうまく書けず、団子の○を二つ重ねて誤魔化した、という劣等生が出発なのである。それなのに全校生代表とは、なにごとか、と今では思い返すのである。

敗戦を迎える国民学校二年生の時も、奇妙なことを練習させられた。教員室に入る際の練習である。

「申告します。何年何組の草森紳一、何々先生に御用があって参りました」

教員室のドアを開き、入口のところで、両手を両腿の横にくっつけて起立し、頭をさげて礼をしたのち、机の前に座って談笑している先生たちのいる全空間に向って、声を張りあげるのである。私は、あがりしょうなので、何を叫んでいるのか、上の空であった。

「よし、入れ」

という大きな声が、教員室のどこかから返ってくる。

「入ります」

と答えて、声のするほうへ向う。先生の机の前に立ってペコリとお辞儀する。

「よし、よくできた。帰ってよし」

「ハイ、草森紳一、〇〇先生の御用が終り、これから教室に帰ります」

今、想い返して見ても、なんのことやら、さっぱりわからない。なんの「御用」があって教員室にやってきたのか、さっぱりわからない（不器用な私によくできたものだと、今さらながら感心する）。

その先生は担任ではなかったが（教頭だったか）、ほんのすこし前まで、別室に私を呼んで、さきの挨拶のしかたを私に教えこみ、泣きべそをかいている私に、なんどか暗誦《あんしょう》させたのち、さっそく教員室へ行ってやってみろと、鬼のように告げる。

先生はといえば、いそいで教員室に走りこむ。私が教員室に入って来て、教えられた通りにやれるかどうかを練習させたのに違いない。だから、どんな御用なのか、教える必要などなかった。長い間、その何故かを深く考えても見なかったが、一体、こりゃなんだである。

・

太平洋戦争の末期、北海道にも空襲があるようになって、寝る時は、枕元に防空頭巾をきちんと置き、ゲートルを巻いたまま眠った。いざという時、防空壕に逃げこむための準備である。

綿入りの防空頭巾は、かぶらない時は、背中に倒すように出来ていて、なかなかよいデザインで、布は各自の家で好みに合せて選んで作り、生地の模様もばらばらであって、当時としては仲々のファッションなのである。真夏でも銃後の日本人は、女性や子供はみなかぶっていて、全国「赤頭巾ちゃん」になっていた。

が、あれは銃弾よけ、焼夷弾《しょういだん》よけのつもりで作られたものであろうか。綿入りであるから、もし火がそれに燃えうつろうものなら、たちまちカチカチ山の学芸会になってしまうではないか。どうも、今もってよくわからない。

ゲートルのほうは、ほとほと参った。私が、生れつき不器用だとわかったのは、このゲートルがよく巻けなかったからである。それまでも「ブキッチョ」と母に叱られ、友だちにもからかわれたが、そもそも不器用とは、なにかよくわからなかった。

ただこの「兵隊さん」の真似をしたゲートルだけは、いくら教えられた通りに、しっかり巻いたつもりでいても、すぐに崩れてしまう。ものの数分も歩いているうち、足のくるぶしのところまで、茶色の大きなホウタイのようなものが、ウンコのようにとぐろを巻いて溜ってしまう。

「GHQ」にあっさり洗脳された申し子の如く

まちがいなく、私は大きくなったら大将になると高言していた（あの「大将」は、野球少年が、将来、プロ選手になると高言するのと等しいていどのものであったか）。

敗戦後、しばらくたった中学生のころ（昭和二十五年）、なんだかわからないままに終った戦争の実体を知るべく、出版が自由になって、一挙に出まわりはじめた自己体験ものや軍記の類をかなり読みあさった。

その結果、こうも不器用であっては、もし軍隊に入っていたなら、毎日往復ビンタで、ひどい目にあったぞとおじけづき、日本が戦争に負けて、つくづくよかったと胸を撫でおろしたものだ。

ところが、戦争は終って、進駐軍が上陸するや、たちまち、「GHQ」にあっさり洗脳された申し子の如く、（軍人志望から一転して）野球少年にスンナリ変身するのである。もとより、このことを矛盾として悩んだ、という記憶はない。ましてや、転向問題であるはずもない。

しかし、大人たちは、どうだったのだろう。彼等の「鬼畜米英」とて、附焼刃のものでしかなかったのではあるまいか。

というのは、帝国陸軍の将校の家であるはずのわが留守宅には、バナナのかたちに似たアメリカ製の野球のグローブ（今はグラヴか）が、二個もあったからである。戦前に買ったものだというが、いつ父は手にいれて隠しもっていたのだろう。これは、当時なら「非国民」というものではないか。

父は、昭和二十一年だったかに旧軍人として公職追放となる。なにもせずに部屋で寝そべって本を読んだり、野球をしていた。退屈しのぎに、横光利一の『寝園』とか、細田民樹の『真理の春』とか、吉屋信子の『地の果て』とかを読んでいた。なぜか本の題名を覚えている。父のガラス入りの扉のある本箱を開くと、軍隊の技術書類の他に山路愛山の『勝海舟』とか宿利重一の『乃木将軍』とかが並んで入っていた。

本箱の下部についているひきだしをあけると、（私が生まれるすこし前の）二・二六事件の判決のあった日の新聞がその下敷になっていた。ひきだしには、物がいれられていたが、そのすき間から下敷の新聞が覗いていた。しかも顔写真の塊りが目に飛びこんできて、とりだして見ることを迫ってくる。こわいものみたさで、すぐにひっぱりだして見たが、これは、妙に子供心にもショックであった。

その異様感。死刑を宣告された反乱将校は、みな円枠の顔入りでズラリと並んでいた。わけもなく妖しく、なまめかしかった。写真と死。私は、後年、写真に興味を抱くようになるが、このひめやかな体験もあながち無関係といえない。首謀者の一人である村中大尉とは、旭川の連隊で一緒だったと父が言っていたのを覚えている。

考えて見れば、戦後も母がひとり働いていたことになる。「公職追放覚書該当者特免令公布」が出たのは、昭和二十四年四月であるから、このころまで、なにもせずに唯ゴロゴロしていたのだろうか（追放解除は、マッカーサーの解任や朝鮮戦争の勃発と関係があるらしい）。

小学中学の先生を家に呼んで、満州へ行った時（いつの出征だろうか、すこし気になる）に買ってきたとかいうゲタ牌で、よく父が徹夜麻雀をしていたのを覚えている。「白」「発」「中」の三元牌が、美にして奇なるものとして、とりわけ記憶に残った。のちに私も「麻雀」に凝ることになるが、三枚揃えば役満となる「白」「発」「中」が、「中庸」の思想をあらわしていると突きとめたのは、中国文学を専攻したおかげである。

父が声もひときわ大きく元気になるのは、訪ねてきた客と軍隊談義になる時だった。

さて、アメリカ製のグローブだが、二個のうちの一個を貰い受けたが、父とキャッチボールをした覚えはない。怒った父の顔にも似た、鬼瓦のようにゴツイそのグローブは、少年の手には、あまりに大きすぎて（顔の倍ほどもある）、好きになれなかった。指をさしこんでも、手の部分が自由に動かない。その黒皮には、エナメルが塗ってあって、ピカピカ光っているのだが、いくら保革油を塗って手入れしても、いっこうに柔くならなかった。

上級生にも、戦前のアメリカ製のグローブをもっているものが一人いたが、それは手袋をすこし大きくしたような小さなもので（底のボトムが穴を掘ったように深い）、皮も柔く、うらやましかった。それにしても、いろいろなグローブのかたちが、アメリカにはあるものだと感心した。

素手もグローブのうちと考えれば

戦後になって、野球熱がさかんになっていったといっても、まだグローブなどの道具が出廻らなかった時代である。町のスポーツ道具店へ行っても、布製のグローブしか販売されていなく、結構、そんなものでも、値が張った。

私が父にゆずられたアメリカ製の鬼瓦グローブは、皮だったので（グローブは牛革が相場だが、これはそうではなく、鰐《わに》皮ではなかったかと、私は今でも疑っている）、布製の場合と違って強い打球をキャッチしても、手のひらが痛くなったりしなかった。そうではあるが、皮があまりに固いので、子供の力では指の抑えがきかなく、しばしば球が外へ飛

隅田
墨田区

びだしてしまい、エラーとなってしまうので、泣きだしたくなった。

放課後、小学校のグラウンドで仲間と野球をして遊ぶため、かならずそのグローブをもって登校したが、よく同級生の悪ガキにいたずらされた。

パッと私の手からグローブを奪うや、「ここまでおいで、ここまでおいで」と笑いながら逃げだすのである。気にいらぬグローブであったが、ないとやはり困るのである。布製はいやだし、父に叱られるという恐怖もある。「返せ、返せ」と私は泣きながら追いかける。

グローブ不足の時代であり、一種のいじめだといってもよい。教室に入ると机の物入れの中に、そのグローブを入れておくのが常だったのだが、ある日、ようやく授業が終って、いざとりだそうとすると、中はからっぽだったことがある。

ないない、どこへ行ったかとキョロキョロとあたりをみまわして、さがすのだが、いっこうに見当らない。あきらめて、泣きじゃくりながら下校するしかなかった。ただ、そのグローブをさがしている間、だれかがこっそりと、私のあわてているさまを眺めているような気がしてならなかった。

犯人は、だれかわからなかった。父には、盗まれたとも、無くしてしまったとも報告できず、黙っていた。次の日、登校して、机の物入れの中を覗くと、あの気にいらぬ鬼瓦のようなグローブが、なんと戻っていた。

思わずニッコリとしてしまったが、その現金な姿も、こっそりとグローブを私に戻した少年にじっと観察されているような気がした。とにかく「物」は、人の嫉妬を買うものであることをはじめて知った。次の日から、私は、グローブをもって登校するのをやめた。もともと気にいらぬこと、おびただしいグローブだった。

小学校には、野球道具が一式しかなく、それもかなり傷んでいた。借りだすのは、各学年各クラスの競争で、クジ引きだったので、守備の時は、仲間のうらみを買う鬼瓦グローブをはめず、わざと素手でポジションについたりもした。思いかえせば、いやな性格である。

素手もグローブのうちと考えれば、かなり速い打球でも、捕球の加減次第で、なんとかなった。時々、キャッチャーを任せられたが、この時だけは、ミットを借りた（野球の草創期は、すべてのポジションがミットだったらしい。のちにミットは、捕手と一塁手のみとなる）。

小学生といえ、ピッチャーが力いっぱい投げるので、やはり素手で捕ると痛いのである。キャッチャーは、たえず運動しているので、他のポジションより楽しくはあったが、打者がバットを振ると、その瞬間、目をつむってしまう癖があり、打者が空振りした時は、ズドンと胸のあたりにボールが当って（プロテクターは、草野球にないし、軟式ボールの中学生もつけない）、気絶してしまったことがある。以来、キャッチャーは、よしにした。

なんと父は、その監督であった

このころは、実業団野球がさかんな時代で、北海道では、今でもある「久慈賞」の久慈がいた「函館オーシャン」が強かった。十勝の帯広にも「なんとかコマーシャル」というチームが誕生し、なんと父は、その監督であった。その時、公職追放中であったかどうか、あやふやなのだが、一度郊外にある緑ヶ丘球場へ父のチームの試合を見にいったことがある。千葉茂が、片足捕球と、ほとんど同時に一塁へ矢の如く転送して、みごとダブルプレイを完成したそのしわざにいたく少年の私が感動した、プロ野球の巨人阪神戦が行われたのも、この球場である。

球場へ入ると、ちょうど監督である父は、ナインにシートノックをしているところであった。まだ父は三十五、六歳だったと思うが、なんといってもユニフォームが似合わない。野球帽も似合わない。私は、父の姿を見て、顔が恥しさのあまり、朱に染まっていくのがわかった。内野手にはゴロを打てばよいだけだが、なんともバットさばきが絵になってない。シートノックひとつでも、熟練の図々しさが、あまりに不足している。さまにならぬこと、おびただしい。草野球しかやったことのない映画俳優が、急に大投手大打者の役をやるようなものである。

そのうち、外野へもフライを打ちあげはじめた。ところが、まったく外野まで球が飛ばない。なんどもなんども打ち直し、ついに俺はもう駄目だとばかり苦笑しながら、コーチにその役目を代ってもらっている始末で、なんとも情けない光景であった。

野球気狂いの息子に、「おい、大人の試合というものを見ておけ」と誘ったわりには、なんともお粗末な次第であった。

父も我れながら情けないと思ったのか、照れかくしにナインの一人をつかまえて、キャッチボールをはじめた。

こんどは、私がびっくりする番であった。ボールの投げかたが、まるで自分とそっくりなような感じがしたからだ。それは、キャッチボールなのに、腕を上にふらず、スナップスローで、ヒョイヒョイと小手先で投げている。全身をつかわず、手首だけで投げているではないか。キャッチボールだからよいようなものの、これでは、遠投ができない。

今に想えば、口もろくにきかないで終った間柄の父とは、まったく似ているところがないと思っていたが、とんでもないところが一つ似ていたのである。捕球即投球である千葉茂のスナップスローを真似しなくとも、わが親子は、生れながらに常時スナップスローだったのである。即ちヘボ。

父など、よく剣道六段がとれたものだ。閲兵式で落馬したというから、不器用な軍人だったのである。そういえば、餅さえつけなかった。

それにしたって、父はどこで野球を覚えたのだろう。小学六年を終業するや一発で合格したのが自慢の旧制中学時代か。剣道部のはずだが、余暇には野球にも熱中していたのか。その時、グローブを買ったのか。このあたりのことも、聞かずじまいで終った。それにしたって、いくら祭りあげられたにしても、筍の子のように誕生したといえ、実業団野球の監督におさまるとは、ずいぶんと度胸があるというものだ。

華麗といわれる巨人の長島（嶋）の三塁の守備も、試合の時は、体を斜めにして球に飛びついた。その必要がない時もである。これは不安定なオーバースローを避ける体勢である。捕球するやいなや素早く投球動作に移るためでもある。その時、手首の返しがよくきいたスナップスローで、ファーストに投げる。俊足の走者をきわどいところで刺す。セカンドのスナップスローと違って、遠投にもなるので、見映えもよい（素人のサードは、長島選手のように器用なことはできず、球が飛んできても、後退してキャッチングしがちで、オーバースローの暴投となりがちだ）。

キャッチボールは、基本動作の練習で、腕を顔近くまであげて相手の胸めがけてゆっくり投げる。試合でないから、いそいでスナップスローする必要もないのに、父はそうしていた（父の率いる実業団チームの成績は、どうだったのだろう。私は、まったく憶えていないが、多分弱すぎて、すぐに解散となったのではあるまいか）。いったい、草野球時代、どこを守っていたのだろうか。

想い出すだに、物哀しい時代である

私がかよった中学の校舎とグラウンドは、空襲の際、まったく役に立たなかった高射砲部隊の広大な敷地跡の一角にあった。

敗戦後、そのまま兵舎には、身寄りがなくて住むところのないシベリア帰りの家族が集団入居していた。グラウンドの右脇には、国立結核療養所が、やはりレンガづくりの兵舎を利用して建っていた。

昭和二十五年、中学生になって野球部へ入ると、選手と補欠にだけ、ユニフォームとグローブ、バットが学校から貸与された。スパイクは、自分で買わねばならない。高価だが、足のサイズがそれぞれ違うからでもある。

せっかく選手になっても、スパイクが家で買ってもらえないからと、しょんぼり退部するものもいた。まだまだ貧困の時代である。野球の才能のある子なのに、家が農家で、人手を必要とするため、親に退部させられるものもいた。野球部は夕方近くまで練習するので、働き手を失うからである。今、想いだしても哀しい。

たとえ、いくら金があったとしても、物不足の時代である。ユニフォームのズボンに通す皮のベルトさえ売っていない。丈夫な軍隊の皮のベルトのお古を親から貰いうけたものは、幸せなほうで、たいていの少年は、まだ布のベルトである。

中には、一本のひもをズボンに通して、前で結ぶだけのものもいた。ボールを追って走っていて、そのひもが途中でほどけたりすると、ズボンがスポーンと足もとまで抜け落ちて、爆笑を買ったりする。想い出すだに、物哀しい時代である。

スパイクなどは、ようやく売られるようになっていたものの、品質が悪い。田舎のドサ廻りで、ライトを守って太陽エラーをしでかした藤本英雄は、翌昭和二十五年に、日本最初のパーフェクトゲームを完成している。先日、野球博物館でその時のグローブとスパイクが展示されているのを観たが、その型も品質も、さして少年野球のそれと変っていない。私は鈍足だったので、重いスパイクをはくと、足がますます遅くなるように感じられ、ズック靴や素足のほうがよいように思われたが、怪我を防ぐためには、これがよいと監督がいう。私はひねくれているのか、そうかな、スパイクにひっかけられて怪我をするものが、かえって出るのじゃないかなと思ったりした。

私はといえば、アメリカ製の鬼瓦のグローブとようやくおさらばできたので、なんとも幸せな気持であった。

貸与されたにすぎぬので、卒業時に返却しなければならぬのだが、自己管理がまかされていて、家へ持ち帰ることが許されていた。

バットも、同じである。グローブの手入れのように、練習でついた土をおとしたり油をぬったりする必要はなかったが、朝晩、家で素振りの練習をするようにという命令なのである。

ユニフォームのほうは、予選を突破して、本大会への進出がきまると、父兄の寄附を仰いで、新品を着ることができた。ストッキングも模様が変るので、どんなものになるのか、楽しみだった。

もちろん、野球部のグローブは、日本製であるが、新品なので、まだ皮が固い。豚の油をすりこんで、皮をやわらかくして、球をとらえやすくしなければならない。たえずグローブをはめ、自分の手に慣れさせて使いやすいようにしろ、というわけである。

鬼瓦の巨大な古いグローブは、それまでの手入れが悪かったのか、いくら油を塗っても、やわらかくならなかったが、逆に日本製のものは、皮そのものが悪いのか、油をすりこむと、すぐにブクブク、フニャフニャになった。これがまた困る。ライナーであろうと、ゴロであろうと、これでは飛んできた球がとれない。

むかしとった杵柄《きねづか》で、散歩の途中など、スポーツ道具店のショウ・ウインドウに見本として並んでいるグローブやバットを眺めいることがある。

今どきのグローブは、最初からパターンと二つ折りになっている流線型物体の「かたち」で、簡便かつ手に持ちやすいように工夫されている。科学的に改良され、進歩したグローブというものなのだろうが（守備別のグローブさえある）、こいつはとてもじゃないが俺には向かないなと思う。慣れの問題であるにしても、スマートすぎて、色気がない。

捕球の際、自然とグローブは開くにしても、指の操作にさして苦労もいらないのだろう。それにしても、プロ野球を見ていてもエラーが多いのは、どうしてだろう。指の感覚が、にぶくなっているのではないか。

横須賀で生れ育った首相は、野球少年のはずである

むかしのグローブは、最初から五指が開いたままである（もちろん親指と人差し指の間には、網がある）。そのド真ん中でボールを捕球しやすいようにとやや凹んでいるかたちまで、はっきり遠くからでも見えた。色が黄色なら、まるで房々《ふさふさ》とした満開のバナナという、食欲をそそるかたちであった。比較の目がないので、ぶかっこうとも思わなかった。今のは、はなからペシャンと愛敬もなく閉じている。球が来れば、器用に開くのだろうが、自動開閉のエレベーターのようだ。原理は、同じなのだろう。

おそらく泥もこびりつかぬようにと、皮の上には、滑りやすいなにかが使われていて、手入れひとつでも、楽ちんにできあがっているのだろう。乾いた布でサーッとひとふきするだけで、グローブの皮から油がにじんできて、ピカピカに手入れが完了してしまうのではないか。まあ、そこまでオートマチックになっているとは思えないが（やはり手入れしないと、皮が固くなって、使いづらいそうだが）、そうなれば、不器用で怠惰な私には、まさに福音のごとき進歩であるが、どうなのだろう。

「九・一一」の直後だったか、イラク戦争介入の時だったか、もう忘れてしまったが、ブッシュ大統領と小泉首相は会談を終えると、予定通り仲良く二人は外に出てきて、キャッチボールのパフォーマンスをやってみせるテレビシーンがあった。

このアイデアの出元は、日本の外務省側のものだろうか。それとも、小泉首相の発案か。アメリカの空母基地である横須賀で生れ育った首相は、野球少年のはずである。

政治宣伝として成功の部類に入るのか、今も脳に深く刻まれている（しかし、野球をしないヨーロッパや中東では、ぴーんとこない宣伝である）。成功したとしても、あくまで日本においてで、野球が本場のアメリカでは、どうかなと思う。記憶に残っているといっても、日本ではあざといパフォーマンスに思うものが多かった。

あの時に二人が使ったグローブは、もとより、素人でも指先にあまり負担のかからぬように作られた折りたたみ開閉式のものである。

つまり旧式のグローブは、手にはめる時、自分の五本の指は、私がバナナに似ているという大きな皮の指の部分に隠れてしまう（わざと、かっこをつけて指を一本か二本、外にはみださせるものがいたにはいたが）。その密封されたグローブの中で自在に指を動かすのには、それなりの力が必要になる。指先だけでなく、中央の凹みにおさめたボールを逃さぬようにと抑えこむ握力もいる。

最新式のものは、指をグローブの中にいれて、チョット左右に動かしてみるだけで開閉

東天紅

赤札堂
12

し、動きをとめると、すぐに元の折りたたみのかたちに戻るのではあるまいか。さして「力」をかつてのように必要ともしない。特注して作らせるプロのグローブに至っては、それ以上発展していると思うが、ブッシュと小泉の使用したグローブは、その素人用の模倣形であろうか。

この模倣形のグローブは、案外日本製で、この日のパフォーマンスのため、わざわざ外務省か内閣官房室から空輸させ、二人の漫才コンビのために用意したものかもしれぬ。このくらいの小細工は、外交のつきものである。いずれこの二つのグローブの行方は、外交秘話として発表されたりするのかもしれぬ（最初、この小稿で、グローブを通し、わが一生についてまわる「不器用」の根源をたぐってみたいということがあった。さらに願わくば、アメリカ発進の、野球のグローブ（手袋）と同じアメリカ製のグロバリズムのグローブ（地球）とをむすびつけられないかという野心もあったのだが、どうやら語源は違うようなので、それはあきらめた）。

即ち扁平作戦である。その心は、素手の感触である

さて私が野球部に入って、貸与されたグローブは、手入れしているうちに、ブキッチョがたたってか、フニャフニャになってしまい、強い打球を受けとめるための中央の凹部も崩れてしまった。

保革油と呼ばれる豚の油（日本が軍靴の手入れに用いたものだろう）の使いかたが「不適切」であったため、つまり立体形のグローブのかたちを壊してしまい、扁平にしてしまったのだが、といって、そのかわりをください、と学校（野球部の監督）へ要求するわけにもいかぬ。

さあ、困ったぞ、なんとかしなくちゃと、あれこれ思案の末に考えついたのは、さらなるグローブの壊体であった。ボールを捕球した時の衝撃をやわらげる凹部、これがグローブを立体的に見せかけているのだが、ここは思い切って、それを徹底してなくしてしまおう、一枚の皮のようにもとの扁平の姿に戻してしまおう、というアイデアがぽっかり、浮かんだのだ。

それにしても、豚の油で手入れしたぐらいで、だめになるグローブなんてありうるのだろうか。ありうる。皮が良質でないなら、ありうる。ところが、他の仲間も豚の油の世話になっているはずなのに、きちんと用がたりている。これは、なんとも不本意である。油のつけすぎもあったかもしれないが、あれこれいじくりまわしているうちに、グローブをおかしくしてしまったのではないか。

わが家で机の前の椅子に座りながら、泣きべそかきつつ、左手にはめたぐにゃぐにゃグローブの真ん中めがけてボールを強く叩きこんで見る。皮に当った瞬間、痛さを柔げるため、スッとすこし引き、つづいてグイと五本の指をボールにかぶせてグッと抑えこむ。そんなしぐさを繰り返しているうち、ふとフリーバッティングの時のグラウンド風景が思い浮かんできた。

野球部員のうち、グローブは、正選手と数人の補欠しかもっていない。フリーバッティングの時など、その大半はグローブなしの素手で、左右のファール・コーナーや球拾い要員として外野のうしろを守っていたのだ。根っから野球が好きで、二年三年での正選手を目指すものは、素手をグローブにして頑張るのだ。

もちろん、親に買って貰った皮のグローブをもっているものは、稀であったが、それをはめて守る。たいていのものは素手で、中には軍手のものや親がつくってくれた手製の布のグローブをもっているものもまじっていた。皮の「グローブ」は、まだまだ憧れの的であった、そういう時代の野球の話なのである。

素手だと、さすがにライナー性の低く強い当りは、捕球しても、やはり痛くて、ボールを落としてしまうのだが、ふらふらっとあがった凡フライなら、素手で楽々とキャッチしてしまうのである（お雇い外人のピッチャーなど、しばしばクロスプレーの際、グローブをさしださず、素手で鷲摑みして驚かせるが、この動作は野球の原点なのだ）。

その逆にグローブをもっているやつでも、たいしたこともない飛球を「オーライ、オーライ」と手をあげて叫んだ癖に、油断してか、ポロリとやってしまい、ヘタクソ！　お前はクビだ、グローブが泣くぞと上級生に野次られて、泣きべそをかいたりする奴もいる。

ふと思いついた私の改造案とは、皮のグローブを素手に準ずるものにしてしまえ、ということである。皮のグローブのまま、毛糸であんだ手袋や軍手に近いものにしてしまうことである。

そのためには、皮のグローブの凹部はかえって邪魔っ気である。中央のその緩衝の穴を形成するため、その周辺にみっしり埋めこまれている「綿《ワタ》」というか「臓物」というべきか、それらをすべてとりだしてしまうことにした（今日のグローブは、皮のパーツをたくみに用いて立体化していて、ワタがはいっているものなどない）。

即ち扁平作戦である。その心は、素手の感触である。

グローブの親指と人指し指の間には、ウェブがはいっていて、捕捉したボールが逃げださないように工夫されている（時に球がウェブにひっかかって、とりだせないで、ランナーを生かしてしまうことがある。まるでマンガだが、ウェブにいれてしまうこと自体、ヘボの証拠である）。他の指の間にも、革の紐が通されている。私のころも、そうなっていた。今のグローブには、複雑な紐の操作が組み込まれているが、初期のグローブには、そんなものなどない。「作業用革手袋」に近い。グローブの下部にも、綿などの臓物が外へ出ないようにと、革の紐をいくつもの穴に通し、固く綴じられている。

壊体を決意した私は、それをほどいて、中の綿をすこしずつとりだしては、ボールを宙に投げあげて、グローブで受けとめ、自分の掌の感覚に近くなるまでその具合いをたしかめる（紐通しなどなかったので、元に戻すのに、一苦労した）。

綿をとりだしたため、グローブ本体は、いよいよ変形していくが、どんどん綿をとってしまう。ようやく自分の素手に近くなったなと思った時は、親指の広い部分にまだ綿をわずか残すのみで、ペソッと痩せこけた醜いグローブへと変貌していた。

グローブをはめて野球をはじめたころ、手全体の感触はともかく、指先のほうは、皮で包まれた洞窟の中に吸収されてしまい、たとえ動かしてみても、なにか自分の指のように感じられないもどかしさがあった。

あのアメリカ製のグローブでは、とくにそうだったが、こんどの学校のグローブもそうである。それが、この大改造によって、自分の手や指に合うように、なんとか準素手化するのに成功した。

「こんなグローブ、だれひとり使えやしないよ」

と、仲間はそれを見てあざ笑ったが、このグローブこそ、二年間ノーエラーの秘密であり、ダブルプレーの名人たるゆえんなのだ。

「監督、こんなペシャンコなグローブ、見たらきっと怒るぞ。卒業のとき、学校に返すものなんだからな」

と脅す奴もいた。

しかし、なにいってやがる、手入れをまかされたのだから、その効果あれば、先生も文句あるまいと内心では思っていた。最悪の場合は、親に泣きついて、弁償してもらうよと虫のいいことも考えていた。

事実、蛙をトラックのタイヤでひきつぶしたようなその扁平グローブを見て監督は、ギョッとしたようだが、「なんだ！　ソレ」と苦笑いしただけで、けっして叱責したりしなかった。私はやれやれと安堵したが、今は、それこそどんな「思想」をもった監督だったのだろうと逆に考えこんでしまっている。

つばめの邪悪な敵意といったものさえ感じた

あれは、正選手となった二年生の春（いや、秋であったか）、放課後の練習の時だろうか。とつぜん、野球グラウンドは、つばめの大群に襲われた。

あたり一面、真っ暗になり、選手たちの姿もかき消えるほどの大群の飛来だった。

ただ上空を飛翔しているだけでない。頭上すれすれに弾丸の如く飛んできたと思うや目の前でグイーンと上昇したりするので、仲間の中には、悲鳴をあげて腰をぬかすものもいる。

中には上空から急降下してきて、地面すれすれまで飛んできては、スイッと急上昇したりするものもいる。人間がつくった飛行機が、いかなる名パイロットがアクロバットな操縦しようとも、柔軟自在なつばめにくらべれば、子供だましで、「不器用」なものであるかがわかる。

まさに縦横無尽、飛びまわるつばめの大群で、グラウンドとその周辺は、うごめく黒い網目状となって、しばし占拠された。

空の上を悠々と群をなして飛んでいるわけではない。低空飛行しながら乱舞するので、うごめく闇となるのだ。

こういう現象が渡り鳥であるつばめの習性としてあるものなのか、どうか、そのあたりのことはよくわからないが、十八歳まで北海道にいたが、このときの一度しか、そんな体験はしていない。

グラウンドに立っていた身としては、この場所をあたかも限定攻撃しているといった、なにかつばめの邪悪な敵意といったものさえ感じたほどだ。

このときばかりは、いつも遠く彼方に見える大雪山のやまなみも、反対側の万年雪をかむってよこたわる日高の山脈も、つばめの大群によってかき消されていた。

ちょうど監督がシートノックの守備練習をしていたときにこの奇っ怪な現象がおこり、しばしプレーは中断になっていた。ところが、地上に立てたバットに腰を寄せ、一服の姿勢で、この珍事を見守っていた監督だったが、すぐにつばめは立ち去らぬと見きわめたのか、

「よし、みんな良く聞け。これからノックをはじめるぞ」

ペタンと地面にしゃがみこんで、首を縮めている選手たちに向って、大きな声をかけたのだ。「今日は、これで練習を休みとす」の声を期待していたものの中には、俄然、首をしょんぼり垂れ、グローブをさげた手をぶらんぶらんとさせて、からだをぐるりと一回転したあと、なんどもスパイクをはいた足で、地団駄踏んで、すねてみせたりするものもいたが、よく見えるのか、つばめは、そういう不埒な少年を許さず、口嘴《くちばし》を上下に揺しながら攻撃を仕掛けたりするので、ギャッと声を出して頭をかかえこんでしゃがんだりする。

大きな黒ぶち眼鏡の監督は、それをみてウフフというように白い歯をみせて不敵に笑う。このつばめの大群のグラウンドめがけての集中的往来は、波状攻撃というもので、倦きもせず、くりかえし続けられている。私は悪意を感じたが、ただつばめの指揮官の指令のまま、気まぐれに遊んでいるだけのことだったのかもしれない。

私の顔をめがけて、ビューンと飛来してきたつばめもいた。すんでのところで首をそらして避けたが（向うがたくみに避けたともいえる）、野球帽に尻尾でも当てたのか、羽が一枚はらりと散ってきた。

サードから、ノックがはじまった。このねずみのような顔をし、どこか変わりものの監督のノックは、すぐ解散になるような弱小の実業団チームを率いたわがオヤジのそれとは違って、強烈に野手の左右にとボールを放つ。サードは、投手から転向した運動神経抜群のキャプテンであったが、十本のうち一本もとれなかった。つばめの群飛に球を見失ったからだ。

つづく同級生のショートストップも、一本もとれなかった。弾丸となって飛んでくるつばめにまどわされ、腹にノックのボールを当ててしまい、グラウンドに七転八倒した。ダブルプレーのよき相棒であった彼も名手であったが、ノックの球が飛んでくる時、何羽ものつばめも一緒になって彼めがけて飛んできたりするので、それが迷彩になってしまい、ボールをとりそこなったのである。

「さあ、こい！　こい！」

こんどは、俺の番である。かならず皆が馬鹿にする扁平グローブで、一つ残らずとってやるぞと気をひきしめた。

野球では、巨人の藤本英雄がそうであったように、太陽光線がとつぜん目に入ることもあるが、しばしばチョットした油断で、球を見失ってしまうのである。

油断大敵、そのちょっとしたミス、気のゆるみが試合の敗因につながってしまうこともある。もぐらが横を走っただけで、それに目をチラッとやっただけで、エラーしてしまう。ボールをとらえても、グローブの土手に当てて、落してしまう。ベースボールは、投手と捕手、そして打者のみでやっているともいえるが、守る野手は、たえず緊張していなければならない。

監督は、そうならぬようにと練習させる気だなと思った。つまり球から目をそらすなの練習である。

ボールは、新しいうちは白い。当り前だが、練習しているうち、手垢やバウンドした土にまぶされて、ひとりでに黒くなっていく。

つばめは、総じて黒い。中には胸のあたりだけ白い毛がまじっているものもある。このあたりが綾となって、シートノックの強いボールと弾丸のように低空で飛んでくるつばめとを見誤ってしまう。

私はボールの白の色を視界から棄てることにした。ボールはみな黒くなっているし、大半のつばめも、黒いからである。監督のバットから放たれる黒ずんだボールから目を離さなければ、元気はつらつたるつばめの黒い色は鮮やかすぎるので、かえって色の段差ができて、見間違えることはないはずだ。そう信じて、

「さあ、こい！　こい！」

と監督に対して、セカンドの守備位置から大きな声を掛けた。

監督の眼鏡の奥の目は、にたりと笑ったように見えた。そんな表情の色にも気をとられては、いけない。先生の手元のボールの行方のみをひたすら見つめよ！　と自分に呪文をかけた。

私は、スパイクの両の足のかかとをあげて、腰を左右へ小刻みにゆらすようにして構え

た。左右どちらに球は飛んでくるのかわからないし、後方へのフライもあれば、前進しなければとれないゆるいゴロもあり、どちらにも動けるように用意するのである。簡単のことのようで、たいていのものはできない。めんどうなのである。どたんと、かかとを地面につけて守ってしまう。

両の足のかかとを浮かす。私のノーエラーの秘密は、一つは、ここにある。ダブルプレーの「名手」だったのも、他のポジションにボールが転がれば、すばやくセカンドベースに入れるからだ。

もう一つは、あの発明的ともいうべき、だれも使用不可能な扁平グローブに秘密がある。あのグローブで、シュルシュルと音をたてて飛んでくる球やひねた変則の打球をまともに受けると、(それに耐えうるようにと考案された、せっかくの「綿」を棄てて肉薄《にくうす》にしてしまったのがたたり)完全捕球などできない。

しかし、救いはある。まさしく手と指の出番だ。凹部分を失った薄皮のグローブのど真ん中で飛球を軽く当てて、一瞬引くのだ。スピードを殺してしまい(クッションを作ったので、さして痛くない。ほんとうだ)すぐさま素手のように動き自在の五指を総動員してボールを抑えこみ、同時に素手の右手を寄せて、ボールを鷲摑みするや、スナップをきかせて、ヒュイと一塁へ投球する。ほとんどアウトになる。

二塁手にとって、スナップスローと鷲摑みは、素早く投げるということでは、重要なポイントである。

鷲摑みは、ワンバウンドになることもあるが、暴球にならない。ミットを構えて足を伸ばして待ち構える一塁手の一直線上にボールがいくので、細長のミットにすくいあげられ、ジャッグルしたりもしない。

投球はゆるくなるが、捕球即投球のスナップスローで、お釣がくるほど、全体として早い。ダブルプレーも、この要領である。

おかげで手首が強くなり、老いたりといえ、地震で頭上落下の本を打ち払えたのも、そのせいだ。（不器用は、極限において器用たりうる。器用は、不器用になりさがりうる。なんということもない。対立するものの循環の原理だ。しかし、世の中は、ほとんどの場合、極限を必要としないので、器用の天下だ。ブキッチョは、まわりに迷惑をかけ、失笑も買う。なんとも生きづらい）。

「お前って、ヘンな奴ちゃな」

さて、縦横無尽につばめの飛びから中でのシートノックでは、首をかしげながら監督があせるほど、十球すべて捕獲してみせた。ボールの行方のみよく見るため、つばめの姿をみないことの他に、その飛翔が描く直線曲線の「線」も棄てたから、百発百中の捕球になったのだ。「つばめ」は、速すぎて、しばしば姿でなく線になってしまうので、視界から棄てる必要があった。

「パチパチ」

と、一塁三塁のベンチのほうから拍手がおこった。

見ると、結核療養所の男女の患者たちが寝巻きを着たかっこうで、いつのまにか立ち並んでいた。看護婦とアベックの患者もまじっている。職員もいる。（一年生の時、この結核療養所のチームと練習試合をし、ピンチヒッターに起用されたが、センター前にヒットを打った。初打席初安打である）。

時ならぬつばめの襲来を知って、なにごとだろうと彼等は外へ出てきたものの、眼前で展《ひろ》げられている奇妙なるシートノック風景に気がつき、ついでに見物していたのだ。

監督も寄ってきて、「お前って、ヘンな奴ちゃな」と小声で囁いた。私をヘボと思っているナインたちは、みな白けて、むくれている。

だが、ざまあ見ろという気もおこらなかった。そういう私はというと、それまでのつばめとの「死闘」を忘れて、ヘンなことを考えていた。私に拍手を贈った結核の患者たちのことだ。

いつもグラウンドのまわりは、草茫茫《ぼうぼう》である。打った球が草むらに隠れると、容易にみつからない。ボールは高価なので、それをさがすのも練習のうちである。二年生以下は、練習が終ると、選手も補欠も、補欠以外も、みな草むらの中に入って「ないな、ないな」

と呟きながらボールをさがす。気がのらないから、さがしているようで、さがすふりになっていて、そうなると、なかなかボールは出てこない。そのうち、だれかが頓狂な声を出して、叫ぶ。いつも、そうだ。この日も、そうだった。

「これ、なんだ！　変なモノ。これ、なんだよ」

叫ぶ少年は、手の先っぽで、当時、「衛生サック」と呼ばれていた使用ずみのコンドームをつまんでいる。このボールを隠してしまう草むらは、恋する結核患者たちにとって、かっこうの夜の褥《しとね》でもあった。

「わかっているくせに。そんな発見、いまはじまったことじゃあるまいにサ。肺病の患者さんって、男も女もみな、あれが強くなるんだってよ。なんなら、監督にきいてみたら？」

補欠の三年生が、口をとんがらせて講釈する。「あれって、なんのことだよ。さっぱりわからんな。お前、説明してみろ」とまぜっかえす奴がいる。

　野球見物していた男女の患者たちも、なんだ、俺たちのことかよとクスクス笑っている。

すでに監督は、逃げるように校舎のほうへ向って、トットと歩きだしている。

だれかがその姿を見て、「外野のシートノック、まだやっていないよ。一塁だって残っているのにさ。今日は、これで練習はもうおしまい？」とぼやいている。

　気がつくと、グラウンドの上空には、あのつばめの大群が、それまでのことがすべてウソであったかのように、どこへ消え去ったか、一羽とて、もう舞っていなかった。ただ、あたりには、乱舞狂舞したつばめとの摩擦で生じた焼け焦げのような空気の匂いのみが残っていた。

喫煙夜話「この世に思残《おもひ》すこと無からしめむ」

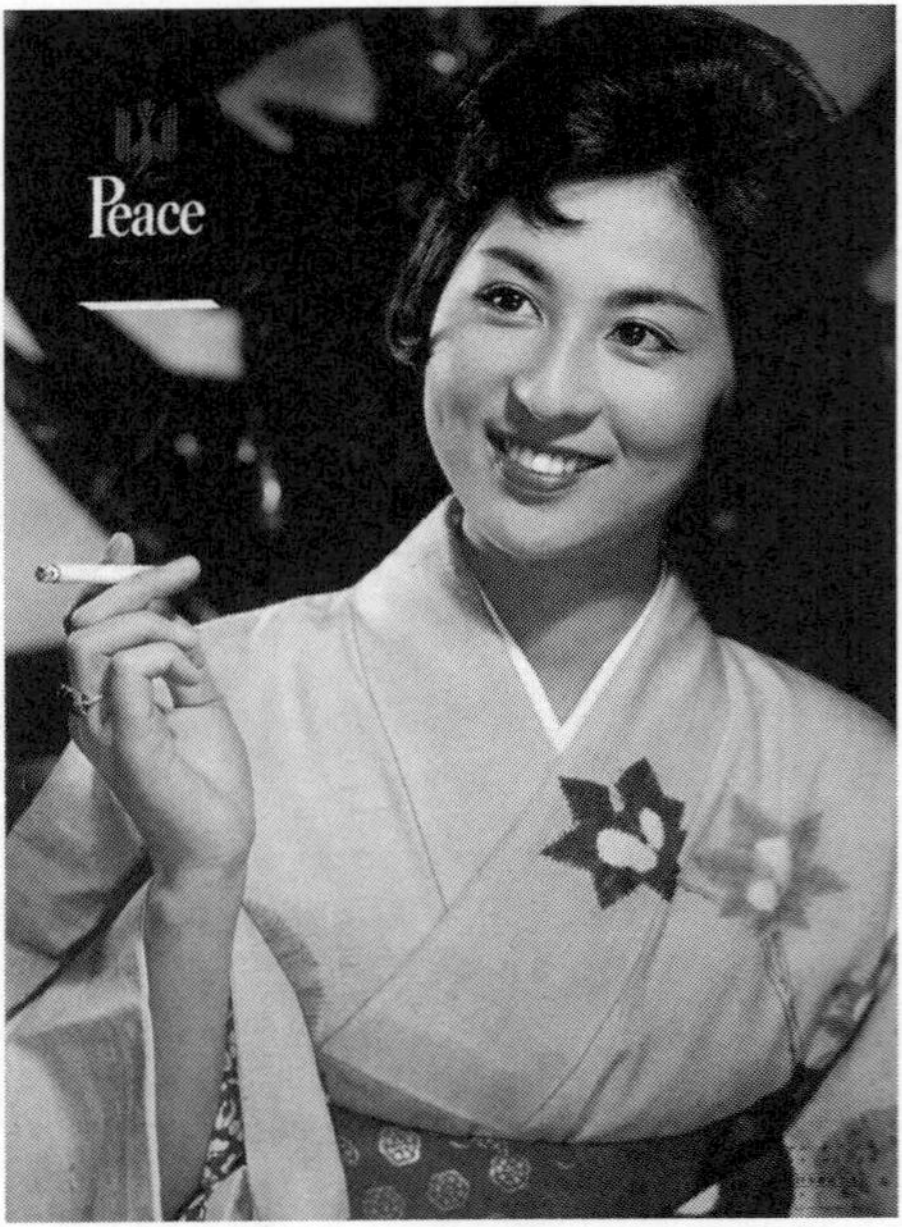

たばこ屋の店先きには、新進女優の宣伝ポスターがいつも飾られていた。「ヴァージニア葉の味と香り」は、「ピース」のコピー。南田洋子がシガレットホルダーにはさんで客に微笑みかける（一九五四年）。香川京子もピースを指にはさんで微笑みかける（一九六一年）。 ©たばこと塩の博物館

荷風、やけんぱちである

「飯くひ終れば午後二時となり、室内を掃除して顔洗ふ時は、いつか三時を過ぎ、煙草など呑みゐる中《うち》、日は傾きて忽《たちま》ち暗くなるなり」

右の引用は、永井荷風の『断腸亭日乗』、昭和十八年正月一日よりのものである。荷風、六十五歳。自炊生活である。日中戦争は、早くから泥沼である。日米間の戦争は、すでにはじまっている。この開戦以来、「唯生きて居るといふのみ」と荷風はいうが、万事もの憂げのままに、日が滑っていくのが感じられる。

荷風のタバコの趣好は、どのようなものであったのだろう。この元旦の日記に「煙草など呑みゐる中」というくだりがある。一口に「煙草」といっても、あれこれある。

洋行帰りの荷風は、パイプ党か。江戸っ子を気取って吉原通いをしていたころは、いちいち長いキセルに刻《きざ》みをつめて喫煙していたのか。それとも葉巻なのか、簡便な紙巻きタバコなのか。そのあたりのことは、この場合、はっきりしないが、彼の趣好からして、なんでもありのようにも推測できるものの、ぜいたくの言っていられない、この時期においては、どうだったのだろう。正月十三日の日記を読むと、浅草の煙草屋に立ち寄っている。

「人々その店先に長蛇の列をなしたり。去年の暮より煙草の品切、今に至つて依然たればなり。値上げがしたくば、早く値上げをなすがよし」

荷風、やけんぱちである。老人としては、長時間、行列して順番を待つことに耐えきれなくなっている。ようやく自分の番がやってきても、そっけなく「品切」の答えが返ってきては、腹が立つものの、スゴスゴと帰るしかなく、老人ならずとも、たまったものではない。

荷風、怒っている。

「徒《いたずら》に品切をつゞけて、人民を苦しましむるは、蓋《けだし》政策の得たるものには非ざるべし」

「煙草の品切」は、「軍事政府」の政策と見ているのである。品不足は、天候不良によって生じたのでなく、拡大した戦線の兵士たちに送るためで、銃後の庶民の口には廻らず、おそらく軍隊の倉庫の中には、ぎっしりと煙草のケースが、天井へ届かんばかりに高々と積みあげられていたはずだ。

情報魔の荷風は、そのあたりの事情も知っていたと思われる。政府の値上《ねあ》げ作戦だとも、見ている。「値上げがしたくば、早く値上げをなすがよし」が、それである。

左翼用語の「人民」という言葉を用いることさえ辞さない。「早く値上げをなすがよし」。荷風は、金持だからこそ、こんなことをいえる。いやしかし、金がなくともヘビースモーカーなら、他は切りつめて、たとえ値上げしても買う。品切れだけはカンベンしてくれと、気持は荷風と同じだろう。

憤然とした時、荷風には、やんぬるかなとばかり、空を見上げる癖がある。「帰途寒月、明なり」とある。

正月十七日の日記に、「煙草また〳〵値上となる」とある。荷風の嘆願通りになったと思われるのに「また〳〵」といっているところを見ると、それまでも値上げが何回もあったのだろう。やはりケチな彼には、不満なのである。「廿五銭の巻烟草《まきたばこ》四十五銭となる」と日記の欄外に記す。倍近い値上りである。

タバコ好きの性根は、いじきたない

そもそもタバコ好きの性根は、いじきたない。酒飲みと同じである。私は、根っからのピース党（ただし両切のショートピース。新発売は昭和二十七年）だが、吸いだしの頃は（昭和三十二年ごろか）、一個四十円（いや、三十円か）だったが（コーヒーやラーメン一杯の値段とかわらない）、今は一個百四十円である。半世紀近く前の話なのに、さして値上りしていない。すこし前までは、百三十円であった。値上げしても、わずか十円である。

私は、いっそうのこと、一個五百円に値上げしてもよいとさえ思っている。なんなら、廃止したらどうかと思うことさえある。いじきたなさの反動であるが、あまりにも喫煙環境が、キュウクツだからである。

街の自動販売機（私は、わざとジュークボックスと呼ぶことにしている）は、乱立しているものの、あまり売れないピースを追放しているものが多いので、手にいれるのは、けっこう苦労する。

また喫茶店やバーなどでは、ピースはめったに客用のサービスとして買い置きしていない。大いに難儀すること、しばしばである。むかしのバーなどは、気取ってピースしか買い置きしていなかった。他のタバコを注文すると、バーテンダーや女給は、ヤボねといやな顔をするので、ピース党にもかかわらず、腹が立ったほどだが、世は逆転しているのである。

たとえば、こんなことがある。酒場で仲間と飲んでいて、タバコが切れる。手持ち無沙汰の私を見て、これでよかったらと親切に、自分のタバコを差しだしてくれる人もいるが、たいていフィルターつきである。あるはずなしと思いつつ、店のものに念のためショートピースあるかときいても、ほとんど邪険に、そんなものあるかとばかりに首をふる。カッとくる。外へ飛びだしてピースの入ったジュークボックスをさがすのだが、これがない。ない、ない、ない、ないぞと次第に腹が立ってくる。そのうち、なにがなんでも探しだしてやろうと、意地ずくになってきて、あちらこちらと闇雲に歩きまわる。ジュークボックスは、十メートル置きといってよい位、ケバケバしく設置されているので（呆れるほどのサービスぶりだが、もちろん売らんかなの商策でもある）、その灯りを求めて、足は勝手に彷徨する。ない、ない、ここにもない。

時間がズドンズドンと音をたてて消えていくのがわかるが、どうしようもない。いくらたっても戻ってこないので、どうしたのかと待っている仲間のことや、ひどい方向オンチなので、あの居酒屋へ無事戻れるかという心配も生じるので、時計はもたぬ主義なのに、むなしき時の経過が、しきりと気になるものの、すでに意地ずくの空間に入っているので、ピースを求める足にわが心がのって、もうとまらない。

ようやく発見する。お情けの御褒美か。嬉しいが、この野郎とも思う。そそくさとジュークボックスの穴の中へ、小銭を押しこむ。まもなくボトンと音がする。取り出し口の蓋を開いて、荒々しく腕をさしこんで、ピース二個を手で摑みとる。

安堵も束の間、こんどは道の心配である。私は二十年近く通っている飲み屋でも、名前を覚えないタチなので、歩いている人にその店の名をたずねるわけにもいかない。

歩いて三十分くらいの範囲内にあるとはわかっているので、犬のようにクンクンと店の匂いのするありかをなんとか嗅ぎつけようと、またまたさまよいはじめる。まるで悪夢の構造である。ようやくその看板を遠くに見つけて（看板を見ると、こういう名前だったかとすぐ思いだすのだが、またまた忘れてしまう）、思わず破顔するものの、仲間は怒って帰ってしまったかもしれないと、あわてて走りだして店の中へ飛びこむ。今さら走っても、しかたがないとわかっているのだが、気持の表現である。

この酒場では、数人の仲間と飲んでいたので、俺がいなくても退屈はするまいと思うものの、いつまでたっても戻ってこないので、やはりどうしたのだろう、と気にしているにちがいない。イライラしている奴もいるかもしれない。心がせくので、走りだすのである。のれんを搔きわけ、顔にかぶさってくる感触を不快に心のすみで思いつつ、ガヤガヤと満員の店の奥へとかき進む。「アッ、やっと帰ってきたぞ」とばかりに、遠くのほうで立ちあがって手をふるものがいる。仲間の一人である。オオ、怒って帰ったりしなかったかと、心もほころび、思わず、こちらも手をあげる。

「お前、方向オンチだから、迷子になったにちがいない、これから探しにいこうかと、みんなで相談していたところだ。ぶじでよかったよかった」

と肩まで叩かれて慰められる始末、なんともバツが悪い。「スマン」と頭をさげる。間が悪いので、そそくさとポケットからタバコの箱をとりだし、おなじみの銀紙の封をピリッと音たてさせて、切って、その中の一本とりだして吸うピースの味は、バツの悪さに差引きされて、けっして甘くはなかった。

奇特にも私の本の読者が一人いる

私の近所の自動販売機には、幸いにもショートピースの置かれている所が（区によっては、まったくない）、三箇所もある。ただすこし困るのは、どうやら少年たちが買ったりしないようにというきつい条令が出ているようで（世の悪太郎たちは、こんなことで困るものか）夜十一時を過ぎると、売りませんの赤ランプが見本箱の真下にズラズラとつくことだ。すこししか私が困らないのは、橋のたもとにあるコンビニエンス・ストアで、ピースを扱っているためである。

ほとんどのコンビニでは、タバコを売っていないが（今、ゲラを見ている段階では、ほとんどのコンビニでタバコは販売されている）、ここでは酒も売っている。コンビニ以前は、タバコの販売も兼ねた酒屋でもあったのか。あまり売れないショートピースもきちんと、置かれている。終日営業なので、深夜、原稿を書いていて、タバコが切れた時などは、買いに走ればよいわけで、ほんとに助かる。

ショートピースの外装は、粋な紺色なので、並べられたタバコの群の中で、一際目立つ。ピースといっても、わからぬ店員もいるので、「あれ！」と指さすことにしている。近来、コンビニ強盗が流行していて、廃業宣言したという店もあるときくが、心底《しんそこ》、この店の永遠なる無事を祈るのみである。

このコンビニの店員の中には、奇特にも私の本の読者が一人いる。いや、いつもいるとかぎらないので経営者なのかもしれぬ。あるいはどこかの会社をリストラされて店員になった本好きなのか、よくわからないのだが、私と同じ年頃である。

ある日、この店へ行った時、急に親しげにニコニコ笑いながら近寄ってきて「本を買って読みましたよ」というので、キョトンとする。ちょうど『散歩で三歩』という本をだした時で、宣伝のためだと尻を叩かれ、いやいやながら、しぶしぶテレビに出たことがある。

どうもその効果であるようだ。どこかで見たことのある白髪の爺さんが、ひょっこりテレビにでてきたので、きっとあの人だと合点したという。なにを言うか、自分だって顔シワクチャの禿頭なのにである。高い本を買ってくれたのだから、文句もいえないが、テレビには、人見知りを排除する親和力があって、旧知の如く語りかけても、不思議に思えないおそろしさがある。

この彼は、ショートピースが十円値上りした時、「明日から高くなりますよ、買い溜めしておいたら、どうですか」と親切にすすめてくれたのにも、びっくりした。根性がいじきたなくなるのを避けるため（散歩のついでに二個四個と買うのが好きなため）私は、買いおきしない主義である。しばらくどうしたらよいかと目をつむって戸惑っていたが、彼の親切にめでて、思い切って、ワンカートン買うことにした。

荷風のようにタバコを買うため、行列をしたことはないが、品切れ、売り切れには、これまでいやっというほど苦渋をなめている。それは、世の中が変ったといってもよい一九七〇年代のオイル・ショック後の話である。まだスロットマシンのようなジュークボックス（コインをいれるとカチャリと落ちていく音がし、好みのタバコの見本の下にあるボタンを押すと、コトンと音をたててタバコが出てくる仕組みなので、私はジュークボックスと「美名」で呼ぶ）が街角に氾濫していないころで（コカコーラの自動販売機は、六〇年代のはじめからあったが）、しわしわの手で渡してくれる爺さん婆さんが店番しているタ

吉田茂の葉巻は、敗戦日本の象徴である。カメラマンの三木淳が、記者会見にのぞむ吉田茂の口にくわえた葉巻を指先でポンと奪って、その動揺したところをすかさず撮影した、という話を本人から直接聞いた記憶がある。　写真・吉岡専造／提供・朝日新聞社

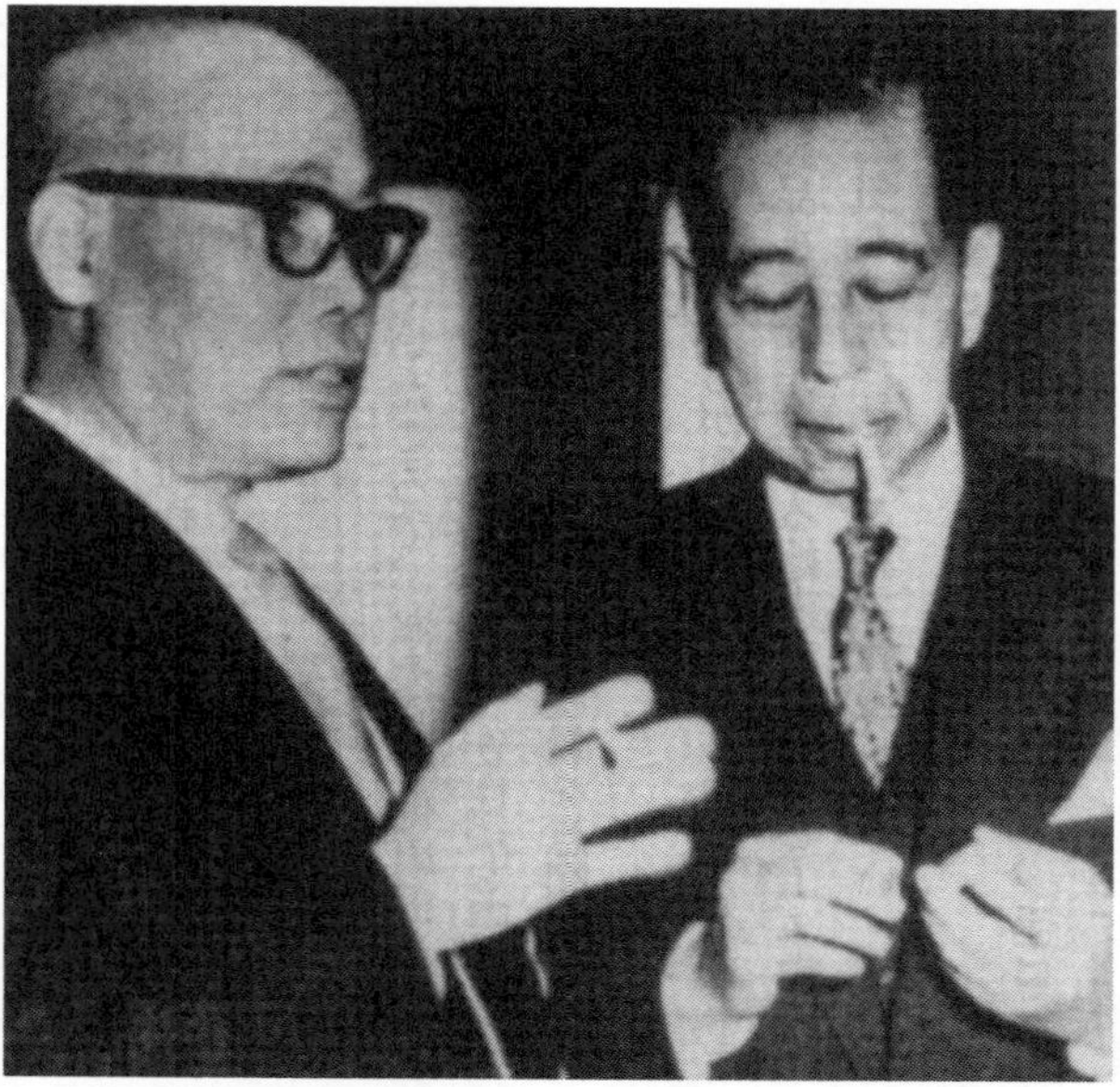

巣鴨拘置所を出た岸信介（昭和二十三年）は、まっすぐに吉田内閣の官房長官である佐藤栄作の官舎に入り、弟がつけてくれたライターの火で、まずは一服（右頁）。なにやらコソコソ。咥えタバコの岸信介と指にタバコをはさんだ矢次一夫（昭和三十五年）。国策研究会のパーティーでのスナップ（上）。

文藝春秋刊『岸信介の回想』より

バコ屋のあった時代である。なにやら自由の風が吹くのどかな時代にも思えるかもしれないが、とんでもない。いつ、どこへ行っても、ショートピースが売り切れ、品切れなのである。

世の両切り党を逆撫でするが如く

まだ専売公社が一手に独占していたころで、おそらく健康促進の宣伝文句（恐怖宣伝）で、フィルタータバコを売りまくる（男性のみならず、女性にも喫煙させる大作戦）という謀略に出て、「ピース」や「しんせい」「いこい」の生産量を意図的に減らしていたのである。おそらく。

まもなく世の両切り党を逆撫でするが如く、フィルターつきの二十本入りの「ロングピース」なるケッタイな新製品まで発売される始末である。ピース党の人よ、どうしても止められないならば、健康に気をつかって、これで我慢しなさい、という親切めかした代替商品なのである。

いわゆる「ピーカン」も、あらかじめ注文しておかないと、手に入らぬようになる。注文したら注文したで、タバコ屋の爺さん婆さんは、顔をしかめて露骨にいやな顔をするところは、本屋のオヤジと同じである。「長生きしたけりゃ、両切りと手を切りな」、と説教まで垂れる憎らしさである。

専売公社が民営化されてからは、ピースもピーカンも、ゴールデンバットでさえも、ノスタルジー・ブームに便乗してか、手に入りやすくなったものの、ニコチン防ぎという詠《うた》い文句の悪しきフィルター思想がようやく定着した上、売れないものは置かぬでもよいという市場原理が適用され、人件費削減のために設置された無人のジュークボックスからは、じょじょに両切りタバコは追放されていく。

荷風は、品切れで餓《う》えさせておいて、おもむろに値上げするのは（時局が悪化すれば、財源確保の手段を放棄し、配給制にする。まだ配給するだけでも、国民に気を使っている。国民の不満を抑えるのには、嗜好品こそだと政府も心得ているから、禁止にまで踏みきれない）、悪しき「政策」の反映だと喝破しているが、同意しないわけにいかぬ。なおもうすこし、荷風の『断腸亭日乗』をのぞいてみることにしようか。

昭和十八年二月七日の日記。

「埃及《エジプト》製巻煙草ウエストミンスタア百本入一箱を林君より、林檎を菅原君より貰ふ」

「林君」なる人は、荷風の愚痴を耳にして、気の毒に思ってか、手に入りにくいハクライのタバコを進呈したようだ。外国製のタバコを喫《す》うなど、非国民といわれかねない時代だが、あるところにはあるものである。タバコ党のいじきたなさから、さんざん苦労して手にいれたり、禁を破って秘匿していたりするのであろう。同年四月十一日の日記。

「午後、庭に出で、三全ホテルの崖一面、桜花のさき揃ひたるを眺めゐたりし時、羅宇《らう》屋の車、ピイ〳〵と笛を鳴らしながら門前を過ぐるを聞く。呼止めて羅宇のすげ替をなさしむ。近年巻煙草の品切となること屢《しば〳〵》なり。西洋の刻煙草《きざみたばこ》も手に入り難ければ、一昨年より家に在る時は、往年の如く、再《ふたたび》日本の刻莨《きざみたばこ》を喫し初めしなり」

この記事で、荷風がパイプもやれば、日本伝統の煙管《きせる》もくゆらすことが、確認できる。「羅宇」というのは、煙管の火皿と吸口の間にはさまった長い竹の管である。竹のすげ替えや、銀製の火皿や吸口にたまった脂《やに》掃除が必要なので、「羅宇屋」という専門職が成立するのである。

私の子供のころ（戦後）は、まだ老人などで、安直な紙巻煙草を嫌って（といっても、市販の紙巻煙草が自由に手に入ったわけでなく、江戸時代からの煙管趣味をもたぬ大人たちは、英和辞書を裂き、刻みをそれで巻いた手製のタバコをふかしていた）、ぷかりぷかりと長い煙管を猫背気味にからだをまるめて、くゆらしているものがいた。絵になった。背の低い日本人には、長い煙管が似合うのである。

友人のお母さんなどは、芸者あがりとかで、彼の家へ遊びにいくと、きもの姿で囲炉裏ばたに座りこみ、目を細めながら、さもうまそうに吸っていた。私に気がつくと、銀色に光る煙管を口からはずし、手にもったまま、「いらっしゃい」と愛想よく笑いながら挨拶してくれた、その声が今も忘れられない。

銃後の荷風も、今生の終りを覚悟せねばならぬ

昭和十八年の暮れも押しせまった十二月二十八日の荷風の日記。

「煙草昨日より、また〳〵価上げ。五十銭のもの七十五銭となれり」

一年のうちに、なんと三倍にも跳ねあがった。暴騰である。

戦地の兵には、安くタバコが手に入ったのだろうと思う。たえず命が危険に曝《さら》されていると思いこめる戦場にあって、いささかなりとも気をまぎらわすのに効があると信じられている（つまり麻薬だ）喫煙がもし禁じられようものなら、不平不満に火がついて、鉄の軍律さえ崩壊しかねない。集団脱走はおろか、暴動さえおこしかねない。そのような事例を知っているわけでないが、たかがタバコ一本といえ、命を賭しかねない。タバコを呑まぬものには、ガツガツといじきたなく見えようとも、喫煙の快楽（その本質は、きわめてナンセンスなものだ）を知ったものにとっては、かけがえのない至幸のうちである。死刑囚ですら、その執行を前に最後の一服を所望する。そして許される。ならば、狂気の戦争を遂行するためには、それを担う兵士のために、たかがタバコを切らすことなく常備しておかなくてはならぬ（日本兵の一服は、休憩の時のみだが、アメリカ兵は、タバコを咥えたまま銃を撃つことさえ許されている）。その結果、銃後の国民は、タバコに飢えることとになる。

荷風の『断腸亭日乗』を読むと、老いたる荷風は、徴兵のおそれなきも、銃後の人である。いや、消極的ながら戦争忌避者でさえある。しかし、タバコは喫いたい。昭和十九年九月二日の日記に次の記載がある。

「銀座より日本橋通、各百貨店の戸口、十時過なるに猶《なお》開かれず。群衆長き列をつくりて立並びたり。松屋の如きは、戸口の前に竹矢来をつくりたり。これ煙草を買はむとする群衆の乱入を防がむがためにて、その混雑、毎朝かくの如しと云《いう》」

現代っ子のように腹も立てずに「行列」を楽しむというのも、空虚なる修羅の相だが、配給制となったタバコを買うため、いやいや並ばされて立っているのも修羅の相である。ニコチン中毒者も混じっているかもしれないが、ほとんどは、ただ一服の幸せを求めて阿修羅の形相となっている。人を押しのけてでも、早く手にいれたいと願っているのである。

昭和二十年二月二十五日。この日、東京には雪が降った、とわかる。連日、「帝都」は、B29の空爆を受けている。今や、銃後の国民こそが、中国やアジアの戦地へ派遣されている兵士たち以上に、その命は危険に曝されている。我儘一杯に生きてきた荷風の王宮《シンボル》たる偏奇館も、その中に収められている、命に等しき蔵書の数々も、危機に瀕している。荷風の住む麻布市兵衛町のあたりも、今日は危い、という隣人の知らせがある。

「心、何となく落着かねば、食後、秘蔵せし珈琲をわかし、砂糖惜し気なく入れ、パイプにこれも秘蔵の西洋莨《たばこ》をつめ、徐《おもむろ》に烟《けむり》を喫す。若《も》しもの場合にも、此世に思《おもい》残すこと無

談笑する作家永井荷風の喫煙風景。晩年の荷風は、「御婦人用」にと売り出された「パール」党。パールは昭和三十年の新発売（三十円）。
©角川書店

からしめむとてなり」

銃後の荷風も、今生の終りを覚悟せねばならぬ。いくら覚悟したところで、「心、何となく落着か」ないのも、無理がない。その心を鎮《しず》めるのが、手にいれるのが困難になるのを予期して「秘蔵」していた「珈琲」であり、「西洋莨」である。

いずれも麻薬の一種であり、趣味に属す嗜好品である。偏奇館の焼失も、蔵書の焼滅も、命の亡失も覚悟したからには、なんらこの世に思い残すことなしのはずだが、それはやはり心の綾というものである。不自由をしていた嗜好品への「愛」が残る。

「此世に思残すこと無からしめむ」ものは、死刑囚の最後の一服であるタバコと同じく、荷風も同じなのである。死刑囚は、パイプでの一服を所望したりしないだろうが（執行官が与えるのは、紙巻きタバコだろう）、ハイカラ趣味のある荷風は、敵性なるものとして隠しておいたパイプをとりだし、「徐《おもむろ》に烟《けむり》を喫す」のである。「徐に」というところが愛敬ありでである。

まもなく荷風の偏奇館は炎上する。蔵書の一部は、退避させてあった。命も助かる。八月十五日、戦争は終る。戦争が終っても、命が助かったわけでない。戦争による死を免れただけだが、安堵はする。勝利者であるアメリカの進駐軍がはいってくる。十一月三日、荷風は次のように記す。このころ、荷風は熱海に疎開している。

「午後、鄰家《りんけ》の子供、窓より余を呼び、米国兵、天神町郵便局の角《かど》にて巻煙草を売り居れ

文藝春秋本社のサロンにある菊池寛の銅像（雨宮治郎作）。その人差し指と中指の間には、しっかと巻きタバコあり。菊池寛にあやかって、愛煙家の私もその銅像の脇へしのびより、記念撮影。寛、なんだか、くすぐったそうだ。　写真・山元茂樹

りと知らす、五拾円を渡すに、子供忽《たちま》ち Camel といふ土耳古《トルコ》煙草二箱を買ひて持ち来りぬ、戦後の世の中、ます〳〵不思議となれり」

手にいれたのは、「キャメル」だが、これは両切りである。米兵は、売るほどにタバコには不自由していなかった証拠である。「キャメル」と同じくらい出まわっていた「ラッキーストライク」も両切りだったが、ともにその味、「ピース」に劣ること数段である。戦後の荷風は、日本製の「パール」を喫ったようだ。黄色い包装紙の二十本入りのタバコで、おそろしく軽い。「ピース」は、荷風に強すぎたようだ。

私とてタバコを喫いはじめのころは（十九歳か）、のちに頑固なピース党になってしまっていたといえ、やはり強すぎて頭が痛くなることがあり（「しんせい」や「いこい」ではならないが、巻きがルーズで味もまずい）、その毒をすこし薄める心持ちで、「パール」も喫ったりした。毒薄しといえ、すこしは毒がある。相殺《そうさい》とならず、むしろ相乗《そうじょう》効果をもたらすだけなので、無意味な所作にも思えるが、一種のバランス感覚というもので、いつもポケットの中には、「ピース」と一緒に「パール」が眠っていた。

しかし、タバコを吸いだしてから三年もたつと、その毒に対抗する肉体が準備完了したのか、「ピース」のみとなった。この世の悪意に満ち溢れた「毒」の洪水に、なんとか対抗して生きていくには、「パール」の微少の毒では、物足りないのである。「毒」は、「良薬」だと思うものだが、それにしても荷風は、体調を気づかって、「パール」にしていたのだろうか。「パール」なら、せいぜい手持無沙汰の解消か、唇寒しのアクセサリぐらいにしかならぬだろう。

やはり選挙民の票がこわいのだろうか

このごろ、国会の審議の席では（もちろん、テレビの実況のかぎりにおいてだが）、議員がタバコを吸っている風景をまったく見なくなったのには、わけがある。（私と同じ年の）橋本元首相などは、野党の議員が質問している最中でも、プカプカと、からだをすこし斜めにするかっこうで、タバコを吸っていた。頭の髪は、ポマードべったりのリーゼントで、にやけた美男子だが、風邪をひいているわけでもないのに、すこし鼻のつまったような声なので、傲慢そうにも見える。口にあてて吸っていない時は、細巻きタバコを長いキセルのように宙に向けて、指ではさみもつ癖がある。これが、生意気そうに見える。

かなりのヘビースモーカーと見受けるが、そんな彼が名古屋の嫌煙家協会（正確な名前は忘れた）から、国民はテレビで見ているのだから、首相たるもの、会議中は喫煙を自粛してほしいという抗議があった、とスポーツ新聞の囲み記事かなにかで見た。以来、なさけないことに橋本をはじめとする議員諸君は、国会の席では、ピタリと喫わなくなったのである。

あるまい。

要望に従い、自粛することにした、という殊勝な発表があったかどうか、さだかでないが、やはり選挙民の票がこわいのだろうか。男にも嫌煙家がいる。日々、増えている。ほとんどの男、昼間は、会社だから、国会のテレビ風景など知らないのだから、票とは関係あるまい。

有権者の半分以上を占める女性票が（しかし女の半分は、喫煙者でないのか）、たしかに減少するおそれがあるにしても、またテレビを昼間から見ているにしても、国会中継など、まず相手にしない。なにを怖れる。

なるほど、アメリカ発の「嫌煙」の大波が、悪鬼の牙を剝《む》いて、日本列島に押しよせている。なまじ話題となって、波紋の輪が拡るのを怖れて、自粛したのだろう。私は、橋本びいきのところもあったが、この小事件で一挙に彼の株が落ちた。

剣道五段とかの橋本が、アメリカとの貿易交渉で、向うの代表の喉元へ竹刀をつきつけたのち、ウェッと目を白黒させてのけぞってびっくりしている相手に、それをうやうやしくプレゼントしたという外交術など、なかなかやると気にいっていた。

これまた、ずいぶん昔の話になるが、落ち目のロシアの首相（大統領だったか）であったエリツィンを日本に招いた時も、そのホストぶりはなかなかだった。エリツィンは、まるで素朴なロシアのおっさんという感じである。威厳がない。たしか伊豆の川奈ホテルの庭で、よれよれのワイシャツ一枚になって記者団に向って挨拶した。首相時代の橋本が、すこし彼のうしろに控えてホストする。懸案の北方領土をめぐる問題を、ざっくばらんに二人は話しあったという空気を演出するため、橋本のいでたちも、背広でなくスポーツシャツ一枚だったと思う。

まあ、これはありふれた茶番劇だが（ムネオハウスをめぐるスキャンダルで、悪名を轟《とどろ》かせた鈴木宗男がバックにいて、お膳立てしていたか）私が感心したのは、そんな「ざっくばらん」の演出に対してでない。歓迎の謝意を述べるエリツィンのネクタイをはずしたワイシャツのまわりを、一匹の虻《あぶ》がしつこくまとわりつきはじめたからである。

テレビで私は見ていたのだが、白のワイシャツと、ブンブン飛びまわる黒い虻とのコントラストが、カメラのレンズを通して、はっきり映った。テレビのこわいところである。この日は、よほど暑かったのか、たえず意識的に微笑を浮かべるように心がけているエリツィンは、時たまハンカチで額の汗を拭きながら演説していたが、いっこうに本人は、このうるさい虻に気づかない。

すぐ気づいたのは、橋本元首相のほうである。なにげなく手を伸し、すぐ横にいるエリツィンのワイシャツにこうるさくまとわりつく虻を横殴りに追い払った。すこし跳びはねただけですぐ戻り、しぶとく逃げぬさまを見とるや、もう一度鋭く橋本が払うと、ようやく虻はあきらめたかのように飛び去った。

この間、エリツィンは、この小さな親切にさえも気づかぬようであった。生れてはじめて演説したというわけでもないのに、なにをあがっていたのだろう。よほど体調でも悪かったのか。橋本は気づかぬように虻を追いやったのかもしれないが、エリツィンは、秘書のさし図通りに愛想をふりまきつづけているのだが、どこか上の空のところもあって、心なしその表情は固くもあった。決着をつける気のない北方領土問題などよりも、険悪なロシア国内の政局のほうが気が気でなかったのだろう。つまり権力闘争だ。

この虻は、危険を知らすべくエリツィンのお抱えの霊能者が放った妖虫ではあるまいか。にもかかわらず彼が気づかなかったのは、落ち目の表徴ではないか、などと空想しながら、ビールを飲みながら退屈な報道番組を見ているのも、案外とオツなものである。

外国へ出かけている間、クーデターがおこって、いざ国へ戻ると、もう自分の椅子がなくなっていることなど、政治の世界にあっては、さして珍しくない。エリツィンの内なる心は、そういう悪い予感に慄《おのの》いていて（ほぼ権力の座からおろされたとわかっていたが、約束を守るため、しぶしぶ来日したという可能性もある）、虻どころでなかったのではなかろうか。

このような時期のエリツィンと、いくら北方問題を前向きに語ったとしても、次の解決に向っての布石にさえならなかったのではないか。それにしても、虻を追い払ってやった橋本の心づかいは、嫌いでない。

スパーッスパーッと気持ちよげに吸っている

揉めている自民党の総裁選をめぐって、最大派閥である橋本派の総会が開かれ、その終了後に記者会見が行われ、珍らしく民間テレビのカメラが入った。同じ橋本派でも衆議院の野中広務元幹事長と参議院のドンといわれる青木幹雄の間で、意見が対立しその行方が注目を浴びていたからで、放映するに足ると判断したのだろう。

青木は、小泉首相の総裁再選を条件つきで支持するとし、野中は、反小泉一本槍で、自派から統一候補をたてて戦うべしというのである。これまで二人は、ずいぶんと仲がよいように思われてきたが、ここへ来て真っ向から対立し、調整がつかぬまま、橋本派の総会が開かれた。

橋本は、一匹狼といわれ、自らの派閥をもたぬ。しかし首相の座から滑ったのちも、名だけは「橋本派」の総帥という奇妙な位置に座りつづけている。この総会は、自民党本部で開かれたようである。国会内での討議の席でなければよしというのか、党本部の記者会見室では喫煙も自由のようであった。

橋本は入院していたときいていたが、以後、健康のために禁煙したわけでもなかったらしく（ましてや嫌煙連盟とかの抗議で、タバコをやめたわけでなかった）立ったまま同派の議員と談話しながら、指にはさんだ紙巻きタバコを、スパーッスパーッと気持ちよげに吸っているワンカットがあった。

テレビのカメラが入っていると気づいていなかったのか、もう俺は首相でないんだから、「国民」の目をはばかって、わがホビーを禁ずる必要もなしと思っているのか、それとも総会の緊張した空気から解放されて一服しないでいられぬと思ってか、ほんとにおいしそうに喫っている。その様、なんだか見ていて、哀しくなってくるほどだ。

スタイリストの橋本は、細長の象牙かなにかのパイプの先に紙巻きタバコをさしこみ、長い棒状にして喫煙する光景をなんどかテレビで見かけたことがある。どうしても吸う時、このスタイルでは、空に向けられた高射砲の形状になる。この人は、どうも着流しの素浪人がはさんだ腰からおもむろにとり出した長い煙管でくゆらせる。ファーッファーッ。時に不遜、時に投げやり。そんなスタイルに憧れていたのではと、誤解されかねないキザな手つき口つきをする。

これは、構えである。野党の攻めの質問を受けるための構えであり、首相としての構えである。ワンマン首相といわれた吉田茂の葉巻も、この構えである。大磯の私邸で葉巻をくゆらす時は、傲慢といわれた構えなど消えてリラックスしていたはずだ。重苦しい雰囲気であったにちがいない総会をようやく終えて、一服する橋本の姿には、構えがなかった。

それよりも注目の人青木である。見かけは、地味である。実直な秘書タイプというより、むしろ小学校の校長さんといったショボショボした風情を漂わし、あまり正面舞台に顔を見せない青木だったが、こんどの橋本派内での謀反騒ぎでは、柄にもなくクローズアップされてしまった。居直りと覚悟によってか、ひとまわり大きくなって、その顔つきにも風格がでてきた。首相になってもおかしくないようなドスのきいた渋い悪人相になってきている（歌舞伎に見立てれば、リーゼントの橋本も、「色悪」の悪人相である。ライオン・ヘアーの小泉も悪人相である。時に歌舞伎の「実悪」の風情さえ漂わせる）。

記者会見場にしつらえられた、横長にいくつもつないだテーブルの中央には、なんとなく先着の青木が座り、タバコを吸いながら、向って左横の議員となにやら雑談している。名目上は橋本派のボスであるが、子分をもたぬ橋本龍太郎は、ひかえめに右端に離れて座った。攻撃的な謙譲の陣取りである。ボスらしくないとも批判できるが、ボスではないのだ。ましてや、もはや首相でない。すでに権力はないが、自負は隠しもっている元首相である。この位置取りには、なかなか味がある。

これまた味のある悪人相の野中

まもなく遅れて入ってきたのは、これまた味のある悪人相の野中である。中央の青木の横が空席になっているので、すこしためらったが、そこに座るしかない。政治的には妥協点が見出せず犬猿の仲となっていて、記者会見といえ、隣り合せの呉越同舟は、ごめんだという思いもあったのだろうが、橋本龍太郎がさっさと右端に座ってしまったので、ジタバタするわけにもいかず、ここは不快感を押しつぶして、なにげない顔を装って、青木の横に座るしかない。

それでも野中は、青木にすこし目礼を送りながら座った。青木は、目の端で、野中が横に座ったのに気づいていたはずだが、話に夢中のあまり、うっかりして気づかなかったという選択肢のほうをとり、いやっ！　という風に、代議士お得意のおとぼけの挨拶さえもかえさなかった。

それでも野中は、青木の選択肢を尊重して、なんども自らのほうから語りかける風情をみせるのだが、とりつくろう間を失っている上に野中への不快な気持のかわらぬ青木は、もう知らん顔をとりつづけるしかない。

この時、その手付きからして相当のヘビースモーカーと思われる青木は、間の悪さを回避すべく、タバコの煙りを深々と吸いこみ、それを口と鼻からモクモクと大きな輪を作って吐きだしたのである。あまりにも大きすぎ、どうしたって自然といえない。青木の顔は、一瞬、輪のつぶれた煙りで隠れたほどである。大きな輪の中に素早く小さな輪を作って通すという芸当までしなかったが（地味な青木だが、この芸が意外にもできたはずだ）、このさまをテレビで見ていて、私はおかしくなって、思わず吹きだしてしまった。もう私は、腰も曲ったヨボヨボ爺さんなので、下手に笑うと、咳きこんだりして危険なのだが、これを笑わないで、いられようか。

腹をおさえて笑い転げながらも、涙がでるほど、むしょうになつかしくもあった。ここ三十年というもの、肺いっぱいにタバコをすいこみ、それを鼻と口という二つの穴から無邪気に（或いは邪気をこめて）宙へ紫烟《しえん》の輪を吐きだすという喫煙家のユーモラスな芸当にお目にかかったことはなかったからだ。

それほど愛煙家たちは、嫌煙家の鼻息（このほうが、よっぽど毒を出している）に押しまくられてか、いつもうしろめたく感じる癖をつけさせられ、それでもやめられぬ、或いはやめる気もないタバコを吸いつづけるものの、すっかり野蛮性を失ってしまっていたのだ。

世の勇ましき嫌煙家たちに対する一撃もない

ビートたけし司会の時事を討論する番組がある。こうるさい討論が一段落すると、ヘビースモーカーのたけしとコメディアンの大竹まことが、灰皿のある別室にヤレヤレと照れ笑いしながら、コソコソと入り、さもうまそうにタバコを吸う場面が、必ずある。このシーン、評判がいいのか、定番となっている。これなどは、世の風潮に気をすっかり後退させてしまっている喫煙家の「お許し」を乞うジェスチャーまるだしで、毒のあるパロディにもなっていず、世の勇ましき嫌煙家たちに対する一撃もない。なんとも気にいらぬ。正義面の嫌煙家たちは、抗議のファックス（メール）をTV局に送らなかったのだろうか。殺到したという噂は耳にしていないが、当代一の人気者の影響力は、首相以上に大であり、抗議の甲斐ありというものだが。別室だからよしと寛恕《かんじょ》したわけか。日頃のたけしは、いいにくいことを代弁してくれているので、まあ、許すというわけか（まったく最近のたけしは、いくら首をひねるまじないをしても、毒のあるジョークが飛びだしてこなくなっている）。

せめて、たけしと大竹は、紫烟（このごろのタバコの煙りは、いくら見つめても紫の感じがない。フィルターのせいか。ブレンドを変えているのか、ショートピースでさえ、紫にならぬ）の大輪を吐きだして、その穴の中に小さな輪を通すとか、棒状の煙りを鋭く通し合うとか、そんなあざとい芸当ぐらいやってほしいのだが、パンチのない駄洒落を言いながら、ヘラヘラうまそうに一服するのみである。反撃する愛煙家として、嫌煙家の正義面に向って一矢を報いているといえぬ。

まだタバコ吸いはじめのガキだったころ、仲間の顔に向って、わざと煙りをプッと吹きつけるというやつがいて、嫌われていた。私は不器用なので、出来なかったし、やる気もなかったが、煙りの吹き具合により、顔に当るとつぶての如く痛かったり、ふんわりとやさしくタバコの香りを送ってきたりする。悪意あれば、相手が吸いこんで、むせかえる。吹きつける人の感情に忠実な力を発揮するのである。感心しない遊びであるが、芸はあるのである。

ふかしかたそのものは、芸ではなく、癖であり、性格であり、個人の生きかたの反映ではある。永井荷風は、ぷかぷか吹くせわしいタイプでなく、ゆっくりタバコを吹かす一服タイプのようである。キセル型ともいえるが、橋本などは同じ型でも、スパスパと吸う。

毎日新聞の記者で、晩年の荷風に可愛がられた小門勝二の『荷風踊子秘抄』によると、こんな話が出てくる。『踊子』が映画化された時、配給会社が新聞に打つ広告のありように興味をもち、あれこれ集めていたらしい。

「京マチ子がシュミーズ一枚で変なすわり方をしているのが大きく出ていましたぜ、朝日新聞に」

荷風が小門にむかっていう。

「男の人に誘われると、あたい、何だか、悪いようで断れないんだもの」

とヒロインの千代美がいうセリフを大々的にヘッドコピーとして採用しているのが、大いに気にいったらしい。

「それで先生は広告に興味を持ち出したんですか」

と小門がきくと、荷風は「まあそうです」と（おそらく照れくさそうに）答え、

「パールのけむりをゆっくりとわたしの顔にふきかけた」

とある。

小門の質問につられ、あわててヘンなことを言ってしまったなという思いもあって、荷

風は深く肺までタバコのけむりを吸いこんでしまったのかもしれない。してやったりと嬉しそうにしている小門。その表情を見ているうち、すこし腹も立ち、この馬鹿という風に、わざとゆっくりパールのけむりを彼の「顔にふきかけた」のだろう。

そうする荷風のキゲンは、さして悪くないはずで、小門もその煙りが顔にぶつかってきても、多少けむかったかもしれぬが（小門も愛煙家なら、けむくもない）、さして痛くはなかったであろう。かくの如く、かつては、煙草のふかしかた一つで、自己表現ができたのである。

ハンを押したようなことしかいえぬ嫌煙家なら、顔をしかめて、タバコを吸わぬ人間の迷惑を考えてくれというだろう。「自己表現」なんか、とうのむかしに彼等は終っているのだ。俺さまたちは、ロボットのようにただすこしでも長生きしたいだけなのだ。どうか邪魔しないでくれ、とでもいうか。

ショートピースがなくなった日には、いさぎよく禁煙する

「鉄の結束」とかいわれていた橋本派内の大幹部であった青木は、おそらく「自由民主党」を守るため、ひいては「日本」のためという大義名分（そんなことは意見の違う野中も同じだろうが）のもとに謀反をおこしたのだろう。青木の率いる参議院の橋本派は、四十一名とかなりの数で、みな反小泉の族議員たちであるが、自派の統一候補では、とうて

い総裁選挙に勝てないと踏んで、あえて敵の小泉陣営にまわるという苦肉の策であるとも観測されていた。この寝返りに対し、いさぎよい決断だとしながらも、大臣の椅子は約束しないと、小泉陣営の鼻息は荒いが、青木の胸のうちはわからない。

こころみに手もとのショートピースの箱の裏を見ると、「JT日本たばこ産業株式会社」とある。民営にちがいないが、他社と競合していないから、独占企業で、天下りの役人たちによって経営されているにちがいなく、族議員とも深くつながっているのだろう。

いったい民営化されてからの業績は、どのようなものなのだろう。嫌煙家の鼻息や「不健康な健康思想」のあさましき普及（ひところ肺ガン、このごろは心筋梗塞の増加をタバコのせいにし、排気ガスをまきちらす車社会のせいにせず、害は自分だけでなく他人にもあたえるというごもっともな悪宣伝）によって、タバコが急激に売れなくなって、「JT」は破局寸前だという風聞を耳にしたことがない。あれやこれやのフィルタータバコが、嫌煙運動が熾烈《しれつ》化すればするほど、知らぬまに急増しているようにも思える。たとえ喫煙者が減ったとしても、たいした数でもなく、値上げもするので、かえって増収になっている気配でもある。

幸福なのか、不幸なのか。まもなく両切りのショートピースは、消えていく運命にあるのを心細く感じている。国会の裏では、プカプカ吸っている議員たちとて、ほとんどがフィルタータバコなのだ。

私は、おいしいからショートピースを喫う。体質に合っているから喫う。箱のデザインが抜群だから喫う。この世から、ショートピースがなくなった日には、いさぎよく禁煙する。フィルタータバコは好きでないので、禁煙する。気が向けば、愛煙権を主張する運動をやってもよいと思っているくらいだ。

「あなたの健康を損《そこ》なうおそれがありますので吸いすぎに注意しましょう　喫煙マナーをまもりましょう」

現今のショートピース（他のタバコも同じだろう）の箱の横側には、麗々しく右のごとく書きこまれている。これだけ言っておいたのだから（損なうという文句には、ルビをふらぬと誰も読めないよ）、もう「JT」に責任はないぞの企業エゴの他に（最近の病院と同じだ）注意禁止の壁をあたえれば、「うるさいな、ハイハイ、わかりましたよ」と、やめるどころかいよいよ人は吸うという計算も働いているはずである。アメリカ発の嫌煙運動の人道的いやがらせや（いったい彼等の運動を支援しているのは、どこか。まさかタバコの組織ではあるまい）、しばしば統計を発表する医師会（厚生労働省）の恐怖宣伝は、タバコ世界の安泰をかえって保証しているのではないか。

おそらく世界中に拡っている「保証」なのである。タバコの種類は、かえって増えている。みなフィルタータバコだ。もはや両切りタバコは、絶滅寸前である。フランスの「ゴロワーズ」（「ショートピース」に次ぐ世界の名品）は、まだ大丈夫のようだが、これからは、どうなるか、わかったものでない。日本のショートピースが、まだ生き残っているのも、不思議なくらいである。

タバコ好きとしては、このような闇の取引もありがたいことのようだが、そうではなく、気持が不自由でならない。いやな「正義」の時代に入っている。最近（二〇〇五年）のショートピースの警告表示（注意文言）が、また変った（ピースのみを目の敵にしたのでなく、フィルタータバコも同じであるらしい）。横側のスペースへの侵入から、こんどは堂々と表へ進出してきた。それも裏表にだ。文句も変った。表の下部三分の一のスペースには、つぎのコピーが侵入してきた。

「喫煙は、あなたにとって心筋梗塞の危険性を高めます」

すこし文字の号数を小さくして、

「疫学的な推計によると、喫煙者は心筋梗塞により死亡する危険性が非喫煙者に比べて約一・七倍高くなります」

さらに文句を小さくして、くわしくは厚生労働省のホームページを参照せよとある。ぎっしり三段構えのコピー構成である。裏をひっくり返すと、やはり下部三分の一に、

「たばこの煙は、あなたの周りの人、特に乳幼児、子供、お年寄りなどの健康に悪影響を及ぼします。喫煙の際には、周りの人の迷惑にならないように注意しましょう」

とある。健康と道徳の二本立てである。箱の横はどうなったかといえば、まず右横にバ

ーコードの類が満載されており、左横はタール、ニコチンの量表示。私は四個買う癖があるが、すぐデザインの異変に気づき、さらにびっくりしたのは、その四個ともコピーの内容が違うことだった。宣伝効果としては、常識を逸している。

それよりもあまりにも激烈なデザインの破壊ぶりである。「ショートピース」は、アメリカの著名なデザイナーの手になる傑作である。世界のデザイン会議はこのまま黙って見過し、なにも抗議しないつもりなのか。著作権侵害より、人命尊重、そして世界平和（ピース）というわけか。

人間は、気取る。デザインは、人間の気取りに奉仕する。ショートピース党の中には、デザインがよいので、それを手にもっただけでも、心が落着くから吸うのだというものがいる。フィルターつきでも「ショートホープ党」は、デザイン重視の気取り屋が多い。人間は、気取りで、なんとか地球上に立っているところがある。人間の「気取り」一つでも、タバコを小道具にして気取って見せる奴と、胸をそらして偉そうに嫌煙を気取る奴とでは、人間的な可愛いらしさに雲泥の開きがある。もちろん、生れながら酒と同様に体質が受けつけない人もいるから、その時は、わが強弁に対し、申しわけなしと謝するのみであるが、そのような人々とて、他の気取りの手段をもっている。

参院のドン青木にどのような運命がこれから待っているかしらぬ。野中と隣り合せになって、挨拶のタイミングを失って、その気まずさに耐え切れなくなって、深く吸いこみす

新宿のタウン誌で、お前の小特集するから写真を撮らせよという。拒否すると、夕方に強襲された。本当は、本のクズ山に埋もれている私を撮りたかったらしいのだが、近所のお宮のそばでカンベンして貰う。撮影されている最中のわが気分が、なんとも嫌いである。ほとんどの写真は、タバコを吹かして、ごまかしている。(一九七一年)。　写真・遠藤正

人間、十年も過ぎれば、かく老いる。蝶マニアの写真家大倉舜二とマレーシヤへ行った時のもの。(一九八一年)。外国にピースなど売っているはずもないので、あらかじめピーカン二個を用意したが、すぐ切れるのはわかっているので、さらに免税店で一カートンを買う。高原のホテルの部屋で、もたもたとケースからピースをとりだそうとしているところを彼に撮られた。こいつ！　と睨みつけた瞬間。

写真・大倉舜二

ボトンとにぶい音たてて出てくるタバコの自動販売機を私は、わざとジュークボックスと呼ぶ。ショートピースは、どこかな、しきりと目でさぐっているうしろ姿を、こっそり大倉舜二に撮られた。（一九九五年ごろか。両切りのピースの置かれていない自動販売機が多くなっていた）。わが足もとは、カランコロンの下駄。今は、足が滑るので防衛策として、大工さん用の草履である。

写真・大倉舜二

ぎてしまったタバコの煙りを、ファーッと一気に吐きだした青木。このぶざまな寸劇によって、かえって覚悟もさだまってか、一皮ズルリと剝けて、自ら任じていた縁の下の力持ち的持ち前から脱皮して、ひときわ人間が大きくなって見えたのだが、その実、どうなのだろう。

この後、責をとって引退してしまうか、ひょっとすればひょっとして首相にまで昇りつめるかも知らぬが（その気がないのに、その座が転りこむような時代でもある）、そんなことにでもなれば、これまた大いなるタバコの綾であり、人生の綾である。悲劇、喜劇、こもごもの綾。どちらに転ぶかわかったものでない。たかがタバコといっても、いやいやタバコの毒は「たかが」なんてものでないといっても、「タバコ」には、人間の意識をジャンプさせ、意志にまで高める力が潜在している。

一ミリ一秒の差で、ものごとの綾模様は変る。しばしばスポーツは、それを象徴化して見せるが、政局もまた同じである。泥くさい歌舞伎が、政治の世界そのものである。いや泥くさい政治劇を手本にして、洗練させたのが歌舞伎だともいえる。その曖昧な、闇の処々には、逢魔《おうま》が辻《つじ》が待ち構えている。隣の席に座るのが野中だと感じとっていながら、青木は、顔をすぐ横に向けて「いや！」と挨拶することができなかった。三文役者顔負けの役者である議員なら、誰でもできる「狸」を演じる機を失った。これまた逢魔が辻である。

総会の席では野中青木の激論があり、それが気まずく物別れに終ったにしても、記者会見の場に両者同席することは、百も承知のはずであったにしろ、すぐ自分の真横に野中がきてしまうというのは、青木には、予想もつかなかったのではなかろうか。

まだ誰も来てない会場へ、青木が真先に入ってしまったというのも、「綾」である。うっかり話しこんでしまう顔見知りの議員がすでにいたというのも綾である。野中との決別を覚悟している青木が、もし一人でポツンと待っていたとすれば、なんとも手持ち無沙汰で、やはりタバコを喫わないわけにもいかぬだろうが、たまたま話し相手の議員がそばにいて、彼がおしゃべりだった（聞き上手）のも、綾である。もし彼が寡黙であったなら、会話に花も咲かぬかわりに、青木は、あとから入ってくる橋本や野中を冷静に待ち構えることができたともいえる。

話に花が咲けば、タバコの役割も変ってくる。よどむ会話の間の悪さを埋めるための一服ではなく、話にはずみをつけて話そのものを楽しむための促進剤、としてのプカプカになる。それは、油断の時ともいえる。どのような内容の話か、想像もつかないが、あのテレビの映像で見た談笑ぶりからして、その話題は、総会の延長戦ではないだろう。雑談であろう。

人間は、両の目だけで物を見ているわけでない。正面を向いて、おしゃべりに夢中になっていても、後方から入ってきて、真横に座ったのが野中だということぐらいは、目尻を利用して判断できる。人間のからだ全体には、気配を感じとる無数の目がある。代議士たるもの、みな動物的カンは鋭いが、百戦錬磨の青木がその気配を感じとれぬわけもない。

　だが、決別の興奮を鎮めるためだったのかもしれぬが、ちょっとおしゃべりが過ぎていた。野中の着席をしっかと感じとっていても、すぐ顔を横に向けて挨拶するのには、それなりの時間の準備（肉体の準備）が必要である。急にやるとなれば、首はすぐまわらず、かなりの無理な力を要する。彼は、そうしなかったし、そうできなかったのだ。

　出来なければ、公衆の面前で野中との「犬猿の仲」は、まるだしになるわけで、なんとも間の悪いことだが、もし迷えるまま（あわてたまま）、ここは大人で（狸で）いかなきゃと思い返し、しゃにむに首を横にしたなら、どうなっていたのだろう。あわてた反動で、青木は、タバコの煙りを肺の中へ十分に吸いこんでしまっている。すぐに外へ吐きだすつもりの煙りでもあったから、目礼をして挨拶をする野中の顔に向ってそのまま噴射してしまったかもしれぬ。

　野中は、その時、大きな煙りの中に自分の顔を包まれながら、どう反応したか。唯にが笑いしたか。憤然として席を蹴ったか。不埒ながら、あれこれ想像するだにも、ゾクゾクする。野中は、禁煙家だったようにも思いこんでいるが、もし青木と同じヘビースモーカーだったとしたなら、どうだったであろう。これまたあらたな綾を生む。

　テレビは、三人の幹部の会見の模様まで放映したのかどうか、わからぬ。私の記憶には、まったくない。

歴史なんてものは、このようなちょっとした綾で、いくらでも方向を変えていく。怨念の模様も変る。タバコは、人生の小道具としても、深く長い歴史をもっている。タバコの綾はなにも政治家の独占的な綾でない。あれこれ規制が進行すればするほど、大きく波うつ綾となる。おそらく打たれ強いタバコの生命力は、規制の網をくぐり抜け、滅びへの道へ転るどころか、かえって逞《たくま》しくなっていくように思える。

（ここまで書いてきて、総裁選に立候補した四人の茶番演説があった二〇〇三年九月九日、野中元幹事長の今期限りの引退発表があった。この原稿ゲラにテレビをつけっ放しにしながら手を入れている今は、二〇〇五年七月の二十七日。ふとテレビの音が耳にはいったが、それは何の因縁か、橋本野中青木の三人が、揃って村岡元代議士が裁かれている法廷での証人採用が決まったという報道だった）。

主義ではなく、生理の要求である

日本列島、到るところ、「禁煙」のマークである。

喫煙の場所を限定し、道徳律を押しつけて、強制的に喫煙者の意識を縛ろうとする風潮がまんえんしている。限定でなければ、個人の自由を擁護している憲法の違反となるので（国家としては、税収面でも困るので）、喫煙全面禁止まではしませんが（そうしたいところだが）、どうか吸わない人の迷惑も、よくよく考えてください、また貴方の健康のためにも、という、バカ丁寧な恩着せがましさが、見え隠れしている。（二〇〇三年五月より職場や飲食店に喫煙対策を義務づけた健康増進法なるものが施行されたらしいが、誰も知らない）。

そうか、ならば、一層のこと、全面禁止にしてしまったらどうだ、構いやしないよと、今でも一日六十本のヘビースモーカーである私などは、ついうそぶいてしまう。

負け惜しみではない。私は、おいしくないと吸わない。主義ではなく、生理の要求である。今年、風邪の長患《ながわずら》いをしたが、その間、一本たりとも、ショートピースを手にしなかった。たとえ吸っても、味がまずいからである。これまで、やめたいと思ったことはない。

風邪をひき、体調が悪くて、おいしくもないのに、吸わないでいられない人の気持、わからぬでないが（依存症といわれる。むかしは、ニコチン中毒。ともに悪意がこもっている）、全面的には同情できない。遅刻病（若いころの私は、遅刻病。今も遅刻は多いが、むかしのように悩まない）に似た精神の病理である。この病理、れっきとした近代人としての有資格というべきものだ。もろもろの「禁」に包囲されながら、生きていかねばならぬ病理からきている。

いくらタバコをやめる法なる本を読んでみても、禁煙の成功にいたるものは、稀である。

「お前、いくつだと思っている？　ジタバタするなよ」と友人の大倉舜二がいう。そうか、六十七歳である。きらいな撮影に応じることにした。(『エンタクシー』九号・二〇〇五年)。毒喰わば皿までだ。この本では、ズラズラと我が身を露出させてやる！　とはいえ、やはり護衛のピースは、欠かせない。　写真・大倉舜二

どうしても、からだに悪いと判断し、「禁煙」したいと思い立った人は、乱暴ながら、うんざりするまで、ヤケクソにわけもなく、タダタダ喫いつづけてみるがよい、と提案できるのみである。かならず、からだのほうがタバコを拒否する。

世の中にはびこる「禁煙」マークは、愛煙家をいらだたせるのみならず、禁煙志願者を助けることはない。むしろ喫煙欲を煽る。わざと禁止された場所で吸いたくなるだけでなく、禁止されていない場所を、必死になって、さがしだす。時にあさましき悪鬼の形相で。

かかる余場も、消失しつつある。「火気厳禁」の必要もない仕事場のオフィスのみならず、路上もまた。憩い（かつては「いこい」という名のタバコさえあったのに）の場であり商談の場でもあった喫茶店もまた。ならば、自宅のみが天国か。ノー。自宅にもケムイ！　部屋が汚れると露骨にいやな顔をし（それこそ悪鬼の形相で）、人間の屑（屑でも、愛煙家はスターダストだ）のようにいう、嫌煙の自由を主張する、にわか道徳漢の難敵が待ち構えている。

禁煙する気のない愛煙家の心は、萎縮していくばかりだ。私は「禁煙」などその気になれば、いつでもできる愛敬のない人間だが、「禁煙」などする気もない。喫茶店や飲み屋で「禁煙」の札をはっている店には、二度と足を運ばない。貼るのも店の自由だが、行かぬのも客の自由だからだ。

しだいに愛煙家が生きづらくなっているのも、事実だ。かつて、当り前のような顔をして、横柄に吸っていたその報いというわけか。「因果応報」、というより、人工的に作られた「嫌煙の時代」の奔流である。

なんどもいうように国営から準国営として民間に降りた「日本たばこ産業株式会社」が、売り上げの減少でパニクっている、という噂はきかぬから、愛煙家は、みな吸う場所をなんとか工夫してさがしだし、苦心惨憺《さんたん》してその経営に協力しているのだろう。国会議員は、まごうことなく「嫌煙の時代」の加担者のはずだが、愛煙家も多い。国民に押しつけた手前、テレビの入る国会の場では自粛するが、「自由」民主党本部では吸いますよ、という風にして矛盾を解消するのである。なにしろ明治時代、「自由」民権運動で政府と命を賭けて戦った「自由党」の後身なのである。

「ケムイ、ケムイ」を連発している

私の体験では、店内を改装した店は危い。客の吐きだすタバコの煙りで、室内がたちまち汚れてしまう、とよく知っているからだ。ここは、「嫌煙の時代」に乗ろうかというわけだ。

近くに魚河岸からとりよせた新鮮な料理を食べさせ、比較的安いので評判の店があり、しばしば通った。いつも満員で、列を作って空席を待つ人もいるくらいだが、並んで待つのは嫌いなので、開店の四時にでかけると、まず座れるのである。

ある日、出かけると、店をとりしきっている江戸っ子風の気っぷのよい婆さんが、店内を改装したし、みんなの健康のため、これより「禁煙」だというのだ。

じゃ、「酒」のほうは、どうするんだい！　江戸っ子が泣くぜ、とガクゼンとして、以来、三、四年というもの、出かけなくなっていたのだが、はじめて深川にやってきた友人が、どうしてもその評判の店へ行ってみたいとガンバルので、しぶしぶ折れて、ひさしぶりに覗いてみることにした。

「おや、ひさしぶりだね」と、なつかしそうに目を細めて（皮肉をこめていないところが、この婆さんのよいところだ）私の顔を見るや婆さんは言う。私と同じ齢だということは知っていた。「なに言ってるんだい！　この店、禁煙なんだろう。タバコの呑めない店、俺はダメなんだ」といえば、「いや五時までが禁煙で、あとはいいのだよ。知らなかったのかい」と言訳するのは、彼女らしくない（婆さんは経営者でないから、しぶしぶ主人の新方針に従わねばならなかったのかもしれない）。

　客のたてこむのは、五時すぎである。どうして、席に余裕のある五時までは、いけないのか、まったく解せない。四時から五時までは、嫌煙家の客が多いので、嫌煙家の酒飲み大歓迎というわけでもあるまい。この店は、モウモウたる煙りの中で、客たちが酒を飲みながらガヤガヤしゃべっていてこそ、さまになる居酒屋である。客にも明日の活力をあたえるので、せっせとかようのである。多分、愛煙家の客から文句がでて、その数も多いと判断し、しぶしぶ宗旨がえしたと思われるが、四時から五時までは今も禁煙、というリクツなどは（この時間帯、酒よりも料理が目的の家族連れの客が来るのか）、どうにもわからぬのである。

ドーナツが売り物で、コーヒーは飲み放題の喫茶店でも、したたかに痛い目にあったことがある。むかしは深夜営業だったので、原稿を書くのに、ありがたい場所であった。ある日、店内改装のため一週間休むという貼り紙があり、その間、利用できなかったのは残念であったが、新装なって、さっそく出かけ、ピースをふかしながら仕事をしていると、とつぜんアメリカの若い女性が、我が前に立ちふさがり、叫んだ。

「アナタ日本人！　アノ漢字、アナタ読メナイノデスカ！」

彼女の指さすほうを見れば、なるほど、たしかに「禁煙席」と書いてあるではないか。思わず、「アッ」となさけない声をだし、コクリと肯いてしまった。彼女は、ようやくわかったようね、という顔をしたものの、ニコリともせず、この店を立ち去っていったが、そのうしろ姿には、いまだ彼女の正義の憤怒は、消えやらぬようであった。

「いつから禁煙になったの」と、アルバイトの女の子にきけば、新装開店してからで、全席がそうなのでなく、新幹線と同じく「禁煙席」と「喫煙席」とに分けられているという。「貼り紙だけじゃ、見なければおしまいで、むかしからの客にはわからんじゃないか」と文句をいえば、「ハイ、そうですね。すみません、会社の方針なもんで」。素直にペコリと頭をさげられても、困るのである(見ると、喫煙席はわずかである。新幹線もそうだが、喫煙席の車両はすくない。満員になれば、愛煙家は、がまんして禁煙席に座るしかない。嫌煙家が、けっして増えているわけでない)。

小身にして細身、可愛らしい部類にいれてよい若いヤンキー娘は、帰り際に、私に向ってきつい日本語でイチャモンをつけた。可愛らしいといっても、悪鬼の形相である。他国からきた旅人なので、ずいぶんと我慢していて、ついに耐えきれなくなって、勇気をふるいおこし、私に忠告したのかと思うと、すこし偽善の気持もわいてきて、申し訳のない気持もした。

だが、待てよとも思う。私がタバコを喫いながら原稿を書いているテーブルの近くには、彼女の姿はなかったはずだ。とすればタバコの煙りを浴び、セキこんだりしたわけでもないのに、禁煙の貼り紙の守護神の如く、傲然と私を諫言《かんげん》したことになる。そう思うや、私もムッとなる。

一体、どこからあのヤンキー娘は、私の「蛮行」を咎める視線を送り、そのブルーの目の色をイライラさせながら、じっと見守りつづけていたのだろう。禁煙席の一番奥か。そんな遠くまでタバコの煙りが棚びいていかぬという保証もないが、禁煙席にすまして座り、ここはダメよという表示も、こともなげに無視し喫煙行為をつづける男に、メラメラと燃え上がる怒りが、心の底からこみあげてきたのかもしれない。迷惑を蒙《こうむ》っているが、物言えぬ他の客になりかわって、西部劇の女保安官となり、なにがなんでも「正義」の鉄槌《てっつい》をくださねばならぬ、と決心しての行動だったのか。

まあ、よくわからぬ。それにしたって彼女の日本語は、すこしタドタドしいが、私を傷つけるのには十分なウマサがある。このウマサが、傷つける。ヤンキー娘にしては、知性ありげなのも、不快である。待てよ、そうだ、この近所にたしか外国語学校がある。その教師でもあるのか。あるいは、外国人のための日本語教室の生徒か。いずれにしても、よくわからぬのである。

これまで幸いにも日本の女性に「禁煙」を強いられたことは、一度もないが（みなガマンしているのだろうか）、あるホテルのラウンジで、人を待つ間、タバコを喫っていると、隣りの席の老眼鏡をかけた肥満体のヤンキー婆さんに、イチャモンをつけられたことがある。「ケムイ、ケムイ」と言わんばかりに、シワシワの顔をしかめて身をそらし、ブルンブルンと丸太のような両腕をまわし、「アッチ行け、アッチ行け」と、ケムリをふり払う露骨なしぐさをされて、ゲッと参ったことがある。

このラウンジは、タバコを禁じていない。灰皿もおいてある。私は、その抗議にあわてて、ヤンキー娘の時のようには、吸いかけのタバコの火を消したりはしなかった。しぐさは、れっきとした言語なので、すぐ解読はできたが、わからぬふりをした。ヤンキー婆さんのしぐさは、タバコ嫌いの表現ではなく、「嫌煙権」のしぐさである。「タバコを吸うやつはいないか」と、世界をパトロールする忠誠なる女保安官にでもなったつもりか。

とはいえ、最近、日本の老人にも、露骨な注意を喫茶店で受けた。その店は、喫煙席と禁煙席とにわかれている。私は、喫煙席のカウンターで、タバコを吹かしながら、原稿を書いていた。途中、私の隣に老人が座った。まもなく彼は、私のそばへにじり寄ってきて、

「ケムイ、ケムイ」

というのである。

「おじいさん、ケムイのは、わかるけど」

「わかるなら、タバコやめてくれ」

「あのね、おじいさん。いいかい？　ここは、喫煙席なんだよ。あちらに禁煙席があって、空《す》いているじゃないか。あそこへ行けば！」

まったく老人はきく耳をもたない。「ケムイ、ケムイ」を連発している。そこで店員を呼んで、

「ここは、タバコを吸ってもいいんだよね。このおじいさんに説明してやってよ」

「いいんですよ、ここは！」

と店員はおじいさんに大声で告げるが、首を横にふって「ケムイ、ケムイ」をあいかわらず連発するのみである。

「おじいさん、ひょっとして、むかしタバコを喫っていたんじゃないの」

と私がいえば、しばらく黙りこんだが、すぐまた「ケムイ、ケムイ」といいだし、禁煙席の方に向う様子は、いっこうにない。

「そうか、わかった。おじいさん、このカウンターの席が好きなんだね」

ウンと肯きもしない。私の手のタバコの火は消されているのに、まだ「ケムイ、ケムイ」をいう。

「よしよし、わかったよ。この場所が特別に好きなんなら、そうだと、はっきりいえばよいじゃないか。俺のほうで席を代ってやるよ」

なんとも答えず、「ケムイ、ケムイ」のみを呟く。「おじいさん」などと、若者がききわけのない老人に嚙んでふくめるように言っているが、考えてみれば、おかしな話だ。私より彼は、三つか四つ、年上の老人でしかない。

私は吐血したばかりなので、ここでは怒らないようにしようと、自分にいいきかせて、喫煙可のテーブル席のほうへ移って、仕事をつづけたが、ふとカウンターのほうに目を向けると、標的を失ってがっかりしたのか、知らぬ間に、あの老人の姿は、かき消えていた。

これから老人社会になる。彼等は、健康に気づかい、禁煙しているのだろうから、あれこれ、ずいぶん厄介なことになるぞ、とユーウツになってきた。

そういうお前こそが、街のゴミだ

路上の喫煙は、なかなかに甘美なものである。空が晴れ渡っていたなら、なお旨《うま》い。吸《すい》殻《がら》を数メートル先にポイとほうり投げ、落ちたところまで歩いていって、「土へ帰れ」と祈りながら、靴の裏でグリッと火を消す。こんなことを言おうものなら、嫌煙の道徳漢は、目ん玉を剝いて「恥を知れ！」と叱責するに違いない。

「君、土へ帰れと言ったって、現代はアスファルトだよ。タバコの吸殻は、路上に残ったまま土には帰らんのだよ。ゴミとなって残る。いったい全体、街の美観を汚してよいと思っているのか。このエゴイストめ」。私なら、そういうお前こそが、街のゴミだ、存在そのものがゴミだとうそぶくだろう。「俺様をゴミだって、こんな立派なことをいう俺がか！　いったい貴様はなんだ！　何様《なにさま》のつもりか」と言いつのれば、「何様だったら、いいというわけかい？　もちろん、俺もゴミだよ。お前さんのように豚ゴミでないだけだ」と答えるだろう。「車」のためのアスファルトは、あさましき現代の土ではないのか。

タクシーも、禁煙車が増えつつある。禁煙に踏みきったものの、急に新車の切り換えができぬので、灰皿が、ゴムテープで封印されている。私は未練たっぷりに、その開かずの箱の上をトントンと舌打ちするように指で「お前もか」と叩いた。それを見て、「僕もタバコは吸うんですが、会社の方針なんで、すみません」とドライバーは謝る。「君が謝ることなんか、ひとつもないよ」「健康を害するからといって、じゃお前が運転する車の排気ガスのほうは、どうなるんだといわれたら、たちまち言葉に窮してしまうんですがね。長いものには、まかれろです。すみません」

路上は、喫煙家の楽園でなくなりつつある。戦後のように、シケモク拾いの乞食がいないので、タバコの吸殻は、路上にゴミとして残るにしても、食後の一服と同じように（私は毒消しだと思っている。現代の食物は、毒だらけだ）、閉じこめられたハコ（家やオフィス）の中から戸外へ出て、歩きながら吸うタバコは、うまいものである。空気は車の排気ガスで汚れていても、おいしい。むしろ汚染された外気の毒を、タバコの毒で一瞬にして消してくれるかのように錯覚さえする（いや、錯覚でない。消してくれているはずだ）。

東京も区によっては、歩きながら喫煙する者に対し（街を歩く幼児は、背がひくいので、路上の喫煙者がうっかり手をおろしたタバコの火で、顔に大ヤケドすることもあるという。そういうこともありうるが、そんなことをいいだしたら、すべからくマイナスとプラスからなる人間は、なにもできなくなるだろうに）、罰金をとるという、「禁酒法」にも匹敵する悪条令を出しはじめた。

この条令がある区で実施された当日の模様をテレビで見た。宣伝のため、区の職員がケイタイの灰皿をもって出動している。注意を受けたもののほとんどが、今、超満員の地下鉄をおりて、やれやれとタバコに火をつけて歩きだしているところが、その話題の「区」

であるのを知らなかった（実際の区と区の間には、地図と違って境界線がない）。

中には「罰金を払いますから、どうかタバコを吸わせて！」と金切り声をあげる女性がいたのには、びっくりした。「いやいや、区は罰金がほしいんじゃありません。区の美観のため、あなたの健康のため……」「なにいっているのよ、どんな面さげて、区は偉そうにいうのよ。罰金、いくら。五千円、それとも一万円？」「三千円です」「払うわよ、でも一本は吸わせて！」

ヘビースモーカーは、かなり女性にもいる。ただ街を歩きながら喫煙する女性には、これまで一度も出逢ってないが、そんなことはないのだ、あなたは世間知らずなだけと愛煙家の女性はいう。安心体の女は、坐って吸わなければ、おいしくない体質をもっているとか、女が路上で吸っていては、みっともないという、男にないかっこつけの道徳体質をもち合せている、とは到底思えないので、彼女の証言をそのまま信じることにした。

タバコ―母―女―路―道徳

タバコの吸いはじめの学生のころ、田舎に帰って、街を歩きながら喫煙しているのを母に目撃され、「どうか、それだけはおやめなさい」と嘆願され、どうしてダメかと問えば、「まだ親のスネを齧じっているクセに、いいふりして、ナマイキに見える。恥しくて顔が真っ赤になった」といわれたのを急に思いだした。世間の目を気にしていたのである。

成人になれば、よしと男が喫するタバコそのものを否定していたわけでない。当時は、まだ女性たるもの、タバコを呑むものでない（水商売の女とまちがえられる）、という古い道徳律が浸透していたが、一人前でない若い男の子にも、マナーは要求していたのである（田舎に帰った時だけは、母の言葉を守るという不道徳漢だったが）。

女性が歩きながらタバコを吸うのと、なんの関係もない話のようだが、タバコ―母―女―路―道徳と「縁」伝いに波動はしており、記憶の浮上とは、そういう理不尽なものであるが、まちがいなくつながっている。

一日中開店しているのは、よしとしても、コンビニ文化そのものは、現代における最悪の相だと思っている。発泡スチロールで包装された弁当や買った品物を入れてくれるビニールの袋が気にいらないのだ。薬にもならぬ毒がふくまれていると思っているところがある。フィルタータバコを忌避するのも、あのニコチン消しの「フィルター」の中に毒ありと疑っているからだ。私が住む橋のたもとの店は、両切りのピースが常置されているので、徹夜で仕事をする習性のある身にとって、ありがたい存在であるが、最悪の相であるとの気持をとりさげる気はない。

矛盾そのものは、人間の力である、と考えている。しかし矛盾などなきが如く振舞う言動は虫ズが走るほど気にいらぬのである。私が、二十年来、かよっている寿司屋が、橋のむこうのたもとにある。その親父は、若死してしまった。私は、すしを食べながら、一段

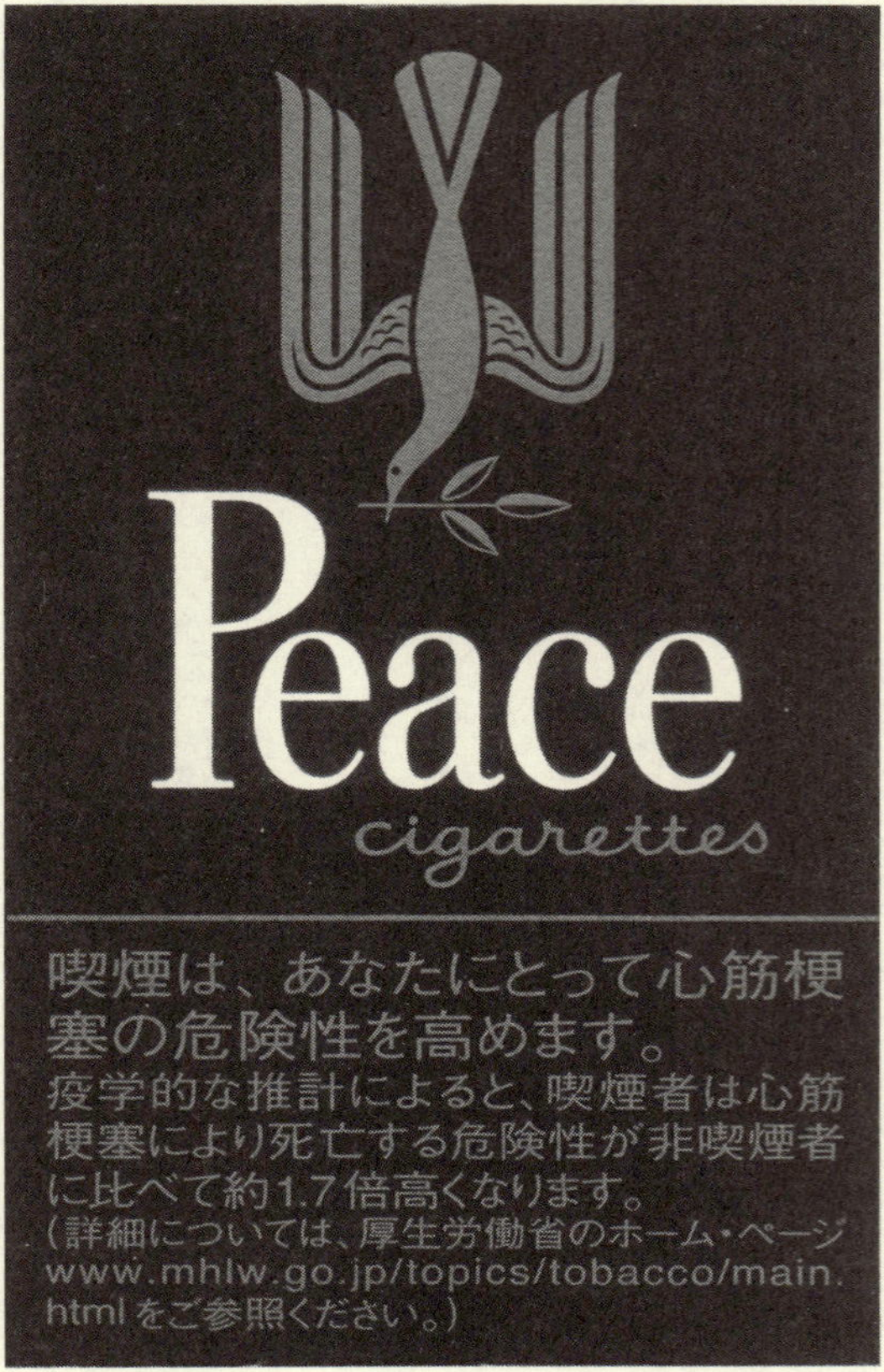
Peace
cigarettes
喫煙は、あなたにとって心筋梗塞の危険性を高めます。
疫学的な推計によると、喫煙者は心筋梗塞により死亡する危険性が非喫煙者に比べて約1.7倍高くなります。
(詳細については、厚生労働省のホーム・ページwww.mhlw.go.jp/topics/tobacco/main.htmlをご参照ください。)

神経質な個人からなら、ともかく、タバコ会社（ＪＴ）から、こんなご忠告を頂くなどとは（右頁）、夢にも思わなかった。そんなことより、世界に冠たるピースのデザインの大破壊が、なんとも悩ましく、腹立たしい。「たばこは動くアクセサリー」「本場アメリカ葉の味ピース」。ポスターの司葉子が喫っているのは、なんと強いショートピースだ（一九五八年）。日本専売公社時代には、「御進物にピース」のキャッチコピーもあった。ああ、隔世なるかな。　　　ⓒたばこと塩の博物館

パチンコ屋のショウ・ウインドウに堂々たる吸いっぷりの外国女性の写真を見かけたので、一枚撮った。目の伏せかたが、美しい。むかし、景品交換の王様は、タバコだった。今は、喫煙席と禁煙席とに店内は分かれているのだろうか。冷暖房の風に、ケムリは流れる。おそらくトラブルもあるんだろう。

嫌煙権の「権」は、あばずれ女の「人権」の略か？　認めるのに、やぶさかでないが、ならば、喫煙権もあるだろう。わがままなる喫煙家よ、こそこそせずに、わがままなる嫌煙家と喧嘩すべし。それにしても、このごろの若い女性、タバコをスパスパよく吸うな。「軽い」が売りもののタバコ商品を乱発する「ＪＴ」。これでは、嫌煙の風潮なんて、ひとつもこわくない、ってわけか。

落すると、タバコを吸う。また食べたくなると、注文する。

親父が死ぬすこし前だが、一服しながら、客のマナーについて、おしゃべりしていると、とつぜん口元から、スーッとタバコが消えた。えっ、とびっくりしていると、親父の手もとに我がピースがあり、にやにやと笑っている。手練の技である。

「いやね、若かったころ、すしを食べながら、平気でタバコを喫う客がいやでしてね、よくこんなことをして客とケンカしたもんです。せっかく苦労して選んできたネタの味が悪くなると思って、腹が立ったんですよ」

「でも、俺には、そんなことをしたのは、初めてじゃないか。話をきいて、なるほどと思うけど、そんなことといってたら、酒だってダメじゃないか」

「まあ、そうです。お宅に文句を言わなかったのは、変人そうで、相性がよかったからです。酒もそうだけど、矛盾だらけですね、人間というのは」

と笑って、ピースを返してくれた。私は、それを喫った。あとで彼の女房にきいたのだが、店を看板にしたあとは、ヘビースモーカーに豹変《ひょうへん》したという。こういう矛盾は、大好きだ。

永井荷風は、サイレンの鳴り渡る空襲下の東京で「この世に思残《おもい》すこと無からしめむ」ため、とっておきの秘蔵の西洋製キザミたばこをパイプに詰めて吸ったことは、先に見たが、『荷風踊子秘抄』の中で、小門勝二がその告白をきいて、「そりゃ豪勢ですね」と相点《あいづ》

頭《ち》を打つと、
「ぼくはそういうことをふだんから心掛けていて、買えるときには買って、たくわえておいたのです」
と自慢しているが、あまりにも、なさけなさすぎて、嫌いではない。不幸というべきか、物不足でもないこの世にあって、彼にならって買い置きしておく気になど、どうしてもなれないが、それに加えて、私は夜の散歩が好きだときている。散歩がてらにタバコを買いに外へ出るというのは、晴天の路上の一服と同じく、「豪勢」な気分である。

原稿とタバコの関係は、「味う」喜びからはるかに遠く、がさつなものである

しばしば原稿を書いている時、タバコが切れる。原稿とタバコの関係は、「味う」喜びからはるかに遠く、がさつなものである。この場合のタバコは、言ってみれば、「石炭」である。原稿を書き進めるための燃料である。山を登る蒸気機関車における「石炭」に比してよい。喫煙は、進行を速めるために「くべる」燃料である。この時の私は、けっして愛煙家といえない。

もし原稿を書く手をとめて一服し、他人の目からタバコをおいしそうに吸っているように見えることがあるとすれば、仕事の調子が、もの凄く悪い時である。すこし疲れて一服するつもりなら、タバコもよいが、コーヒーのほうがよい。

できるだけ自分で湯を沸かすため、机のそばから立ちあがり、台所へ行って自らコーヒーをいれて飲むのがよい。頭脳の転換になる。私の原稿用紙の上には、しばしばコーヒーのカップの台の跡がそっくりついていて、編集者に笑われることがある。洗ったカップをよく拭わなかったからだろう。

疲労困憊している時は、砂糖をいくらいれても味がしない。からだは、正直である。ふつう角砂糖を三個いれるのだが、疲れていると、まったく甘くないのである。甘くない砂糖でも出現したのかとあわてるほどだが、七個か八個いれると、ようやく甘くなってきて、ほっとする。頭に糖分が欠如していたのだと、ようやくわかる。

タバコもコーヒーも、麻薬の一種である。妄想を促進し、その集中力をたかめる。それは、錯覚だと、せせら笑う人がいる。多分、彼のいう通りだ。錯覚かもしれぬが、それはそれでよい。今のところ、その錯覚が、役に立っている。肺ガンになってもしかたがないという覚悟もついている。

タバコは、かなり何本も吸いつづけることができる。コーヒーのほうは限度があって、ガブガブ何杯もというわけにいかない。ただタバコには、砂糖を入れて飲むコーヒーのように糖分補給の機能はない。私にとっては、ともに基本の食糧である。

原稿を書いている時のタバコは、かなり特殊なもので、状態としては夢遊病のようなものので、タバコを喫っていることすら忘れている。灰皿を覗けば、そのことが、すぐにわかる。

灰皿の中には、火をつけて一口吸っただけで、そのままほっておかれたタバコが、白いウジ虫のように横たわっている。体調が悪いと、そう見える。途中で火が消えてしまったのか、先っぽだけ焦げて、そのままになっている白いタバコが、何本も横たわっている。途中で消えずに、燃えつきて、一本まるごとタバコのかたちのまま、灰となっているものすら混じる。炎上しているタバコは煙くて、たまったものでないだろうが、我れを忘れているので、そのことにすら気づかない。原稿本位には、快調の時なのである。灰皿の中にグニャリとつぶしたタバコの多い時は、不調のしるしである。

タバコが切れた時は、これを灰皿からとりだして喫うこともある。味は悪い。一度、火をつけて吸われたタバコは、シケモクというやつで、味の純度を失うのである。その時は、ないよりはましだと、いじきたなく吸うわけだ。これも切れてしまうと、どうするか。重い御輿をあげて真夜中の散歩にでて、その途中、いつものコンビニに立ち寄って、タバコを買うのである。(雨が降っている時は、傘が嫌いなので、ガマンしてしまう。どうせ原稿を書いている時の喫煙は、愛煙から遠いとわかっているからである)。

この夜、思いがけぬ珍事がおこった

アパートのドアを押して開く時、かならずズボンのポケットをさぐり、ライターがあるかどうかをたしかめる。タバコを買ったあと、すぐに封を切って、歩きながら吸いたくなるのにきまっているからで、そのためには、ライターが必要になる。またコンビニへ出かけて、タバコを注文して受けとり、レジで支払いをすませようとポケットをさぐると、肝腎のお金をもってくるのを忘れてしまっていることが、しばしばなので（近くなので、御苦労ながら、お金を取りに戻る）、それもたしかめる。あれば、「よし！」と小声で呟く。かくてある年のある日、タバコが切れたのを汐《しお》に、原稿を中断して立ちあがり、玄関先でいつものしぐさを完了し、いざ真夜中の散歩をこころみんと、エレベーターの前に立って、降下のボタンを押した。すでに夜中の二時をまわっている。ムシムシした夏の夜である。この夜、思いがけぬ珍事がおこった。

エレベーターなる立方体の箱の中は、ウズウズと喫煙したくなってくる誘惑の空間であると思うものの、一度もその気になったことはない。おそらくこの箱、私にとって、官能的でないのだ。ここでは、もちろん「禁煙」となっている。同乗者がいないのを幸いに、こっそり喫煙したこともない。作動している監視カメラが、こわいからでもない。

この時の私はライターはあっても、タバコがないので、うっかり吸う気づかいはないが、悄然《しょうぜん》として、エレベーターのあがってくるのを待つしかないのである。あの待っている時間が、なんとも無力で、索漠とした気持になるので、ついしょんぼりとしてしまうのである。

まもなくエレベーターがあがってきて、その自動扉が開いた。

「アッ！」

と私は叫んだ。

ところが、すぐに箱の中からも、

「アッ」「アッ」

と男と女の声が、私の「アッ」に応えるように返ってきた。「アッ」の三重奏だが、

「なにやっているんだ、貴様たち！」

私は思わず叫んだ。

若い男女の一組が箱の中で、まさにセックスをしようとしていたのである。

私はそれを見て、あまりに予想外の光景だったので「アッ」と声を洩したのである。それに類した三文小説的空想をしたことが一度もないといえないが、このエレベーターの中でおこるとは、考えても見なかった。

若い二人はといえば、エレベーターの扉が急に開いたので、すこしあわててドアのほうを見やれば、そこに疲れた表情をした白髪白髯の老人がスーッと立っていたので、思わず「アッ」と声をあげて、驚いたのである。

箱の中は狭い。立ったままのキスや抱擁ぐらいなら、十分すぎるだけの余地はある。アパートの住人の中にも、それくらいのスリルなら、味ったものもいるだろう。だが、身を

よこたえて交接するのには、すこし窮屈な空間なので、どうしてもというなら体位をえらばねばならぬ。どちらが提案したのか知らないが、彼等の選んだのは、立ったままの後背位である。自然と、そうなったのかもしれぬ。

十代の終りの若いカップルと見受けたが、二人の顔に見覚えがない。どちらかでも顔見知りならば、どちらかが異性をひっぱりこもうとして、エレベーターにのり、がまんならずと抱きあっているうち、深夜なのだから、だれも利用するものはおるまいと、むらむら淫気がおこってきて、いざ一戦となったのだと、平凡ながら考えることもできる。が、二人とも見知らぬ顔である。

このアパートでは、ひんぱんに引越しがあり、家具のカドがぶつかって、スチールの壁を傷めるので、あらかじめ四囲に弾力のあるフェルトが巻かれている。

女の子は、男の子より長身で、ダイエットでもしているのか、ほっそりとしたからだつきであった。彼女は、向って左の壁の上へ両手をバンザイのかたちに着け（ざらざらのフェルトなので、手が滑ったりしない。お誂えの装置である）、ジーパンを膝の途中までパンツごとひきおろし、出てきた白く丸いお尻を、うしろの彼に向けてグンと突きだしている。

彼女より背が低く小太りな男の子も、同じようにジーパンを膝までおろして、うしろから挑むというスタイルである。

それまで一突き二突きぐらいはあったのかどうか、審《つまびらか》ならぬものの、すでに男の子のチンポコは、思わぬ老人の登場に、すっかり萎《な》えてしまっていて、情なくも、しょんぼりと下うつむいている。

途中までジーパンをおろしている彼の姿は、一物が隆起しているなら、まだしも絵にもなるが、しぼんでしまっていては、さまにならない。びっくりしているので、チンポコを手で隠すのも、ジーパンを引きあげることも、忘れている。しかも、そのおろしたジーパンで膝頭を抑えられている。ただ身動きのできぬ不自由な両脚を、もぞもぞさせている。引きあげるのは、簡単な動作ですむのに、まあそんなもんかとも思う。そのくせ、顔だけは、ニヤニヤ笑っている。

女の子もまた、まるで凍結したように、フェルトにバンザイをしたまま尻をつきだし、びくとも動かぬその尻の割れ目からは、陰毛がチョロッと二三本はみだしているのも、可憐《あわれ》（憐むべし）だ。その顔を見ると、男の子と同じように、ニヤニヤしている。なんとも妙だ。このニヤニヤは、居直った不敵な笑いではない。どうしてよいかわからぬので、ニヤニヤになっているのである。

「おい、お前たち！　いったん下へ降ろすぞ」

と私は救いをいれることにした。停止のボタンから指を離し（あとで考えると、これまた不思議だ。ふつう、二秒ほどで自然と扉は閉じる。停止ボタンを押していなければ、上へあがってしまうのだ。私もあがっていたのだろう)、下降のボタンを押すと、エレベーターの扉は、低いうめくような音をたてて閉じた。二人は、その時、また「アッ」「アッ」と叫んだ。

下へ着いたのを見届けると、再び上昇のボタンを押した。めんどうなことである。この小事件に面喰《めんくら》い、タバコを買いに行く気が失せたわけでもないので、下へ降りねばならぬ。まもなく、上ってきたエレベーターの中には、二人の姿はなく、無人であった。男女が交合すれば、性臭がたちこめるものだが、無臭であった。「まだやっていなかったのかな」と思った。

ところが、ようやく階下に降りたつと、エレベーターのある廊下に、なんと見知らぬ男女の若者が七、八名もたむろしているではないか。その中にさきの二人の姿はない。にもかかわらず私と顔を合せると、彼等は一様にバツの悪そうな表情をした。それはそうだ。彼等は、住んでもいないのに、アパートの中に侵入しているのだ。階下の廊下をペタペタ音をたてて通り(私の足は、草履《ぞうり》)外へ出ると、みなぞろぞろ私のうしろに従ってきた。彼等も、カップルを組み、このエレベーターの中で、順番に一戦の遊戯をこころみようとしていたが、老人に邪魔されて、こりゃだめだと中止を決めたのか。

いったい、これは、どういうことなのだ。玄関を出て、橋のほうを眺めると、そのたもとにも七、八人の男女がたむろしていた。あわせて十五、六人の仲間がいたことになる。

その中にさきの二人も混じっていたのか、心なし私に向ってペコリお辞儀するものがいた。いったい、これはなんだ。なにかのコンパの帰りに、だれかの発案で実行に移した悪ふざけだったのか。私は、その遊びを邪魔したことになる。

やれやれである。めでたくコンビニで、いつもの通り、ピースを四個買い、またアパートに戻り（帰りに彼等の姿は消えていた）、中断の原稿にとりかかったのだが、一体、彼等はなにをしていたのであろうと楽しく考えつづけている。そのため仕事もはかどらぬ。

私に見つかったエレベーターの中の二人は、仲間の拍手に送られて、その密室を利用してセックスをこころみようとした一番手だったのか。だが、私がエレベーターを動かしてしまったため、あれよあれよと思うまに上昇し、間が悪くも、一人の老人と対面してしまったのだろうか。ならば憐むべし。

まあ、わからぬが、これまたタバコの綾なり、である。

文庫版付録

一　魔的なる奥野先生

奥野先生は、人の運命をかえるような、「魔」的なる力をもっていたように思う。

大学へ入った時、授業は徹底して、さぼろうと私は決心していた。ただ卒論だけは、納得のいくものをやろうと思っていたので、早くテーマだけはさがしておきたいと心がけていた。

奥野先生の授業にはじめて接したのは、二年生になって三田へきてからだ。中国文学史だったと思う。その教科書には数行しかふれていないのだが、唐には李賀という詩人がいて、鬼才といわれ、二十七歳で夭折し、英国のジョン・キーツにも似て、頽廃《たいはい》の詩人だという説明があったあと、黒板にその一例として、「黒雲城を圧して城摧《くだ》けんと欲す」ではじまる「雁門太守行」の詩行を書きなぐった。

色彩が眩曜《げんよう》とぶつかりあっていて、あたかも目がつぶれそうになるこの詩をみた瞬間、私の卒論のテーマは決った。それ以来、三十歳を二つもこえた今なお、李賀という詩人にとりつかれることになる。

私は、友人などから奇蹟の卒業とからかわれるほど、毎年進級のたびに、落第線上にさまよった。及第したのは、運がよかったからではなく、奥野先生によってつくられた中国文学科の気風の恩恵に浴したからにすぎない。奇蹟でもなんでもなかった。

ただ卒論だけは、一生懸命にやったつもりだ。後年読みなおしてみて、誤りがあちこちにあり、西洋の詩人が比較としてだされたり、美空ひばりが比喩としてでてきたりする無恥破天荒のものであったが、なにを思ったか先生に賞められ、そのことが、私に過信を植えつけ、詩人の死んだ二十七歳までには、李賀の伝記を書きあげたいという意志をもつにいたってしまった。

卒業後、私は雑誌の編集者になったのだが、勉強をつづける余暇などあろうはずもなかった。しかし、不思議なもので、会社で不愉快なことがあるごとに、李賀のことを考えるとそんな気分はたちまち消えていくのであった。

三年で私は出版社をやめた。編集者として失格であると悟ったからでもあるが、二十七歳までに李賀の伝記を書きあげるには、数年しかのこっていないことにあわてたからかもしれない。

もっとも、やめてはみたものの、美術関係の雑文の仕事を開始していたし、週刊誌の仕事をフリーではじめてもいたので、自分の時間が予想以上にすくなく、私はいらいらしていた。そんなある日、中文の村松先生からとつぜん電話がかかってきたのだ。

学校に勤めてみる気はないか、慶應に斯道文庫という研究所があって、そこにこんど中国の図書が四万冊はいって、それを分類整理する人をさがしている。奥野先生がキミにどうかというのだが、やる気はないか、朝が早いし、キミにむいているとは思えないので強いてすすめないが、一応、奥野先生に逢ってみてくれ、という電話の内容であった。

さっそく、奥野先生のお宅を訪ねた。もう私が斯道文庫に入るものと決めこんでいる風だった。たしかに話をきいていると、勉強するには絶好の場所であった。江戸の漢学者の自筆稿本などもたくさんあるときき、私の食指はしきりと動くのであるが、朝八時半出勤というのと、給料が二万円というのには、ためらった。収入が五分の一になってしまう。それに耐えるだけの勇気があるか。

私は、のり気になりながらも、なおためらっていた。奥野先生は、私が無条件に喜ぶと思っていたし、週刊誌などのやくざな仕事から足を抜かせてやるという親心からもでていたし、なによりも私を斯道文庫へというアイデアを考えだしたのは先生であるのだ。渋っているのをみて先生は、あせるように、こんどは私をくどきにかかった。「仕事をしながらそのまま勉強になる。教師などやっていたら、とてもでないが勉強するチャンスがない」

「キミの李賀だって、じっくりやれるじゃないか」。そういって説得する先生をみていて、不遜にも、「可愛いなあ」と思ってしまった。くどいてまでいれる必要もない私を、先生は懸命にくどいているのだ。「ともかく考えてみます」と答えて辞去する時には、「入ろう」と私は決心していた。

斯道文庫に入って、一ヶ月もたたないうちに、私は慶應の学会にひっぱりだされた。生れてからこのかた学問として中国文学を考えたことは、いちどもなかったのだ。その夏には日本中国学会での発表を命じられた。

乱暴といえば、乱暴である。しかしそれが奥野先生の教育法であり、教育観なのであった。

「できないやつは、だめな奴である、時間をたっぷりあたえたって、だめなやつはだめなのだ」、そういう先生の目を、無言の中から感じられ、発奮しないわけにはいかなかった。教育とは、手に手をとって教えられるものではない、という信念のようなものが先生にあったように思う。

私は、三年で斯道文庫をやめようと決めていた。それだけの時間があれば、私が入る契機となった細川文庫から寄託された故古城貞吉博士の漢籍の、一応の整理は終ると踏んでいたからだ。李賀の伝記も詩の専門誌に連載をはじめていた。

だがやめるのはたいへんだなと思っていた。とめられるのにきまっていた。そこで、先生に逢った。ある日、なんとなく「意外に長持ちしています」とさぐりをいれた。先生は言下に「ずっといるんだよ」と釘をさした。

奥野先生が亡くなられたのは、私が斯道文庫に入って三年目も終り、一昨年の一月十五日である。三年はいようという決心を破って、もうすこしいてみようと思いはじめたばかりだったのに、先生は不意に他界してしまった。しかも私の李賀伝はまだ半分も終っていないというのに。先生の死によって私はもう慶應にいる理由はなくなったのだが、「ずっといるんだよ」とおっしゃった言葉がかえって深くのしかかってきて、なかなかやめることができなかった。事実、斯道文庫ほど私にいろいろ教えてくれたところはない。未練ものこった。

亡くなられる一ヶ月位前、奥野先生にお逢いした日のことを想いだす。「これまで書いたものは随筆集ばかりだった。僕の生きかたは随筆のようなものだったから、これでいいんだ」となにかの調子にしんみりおっしゃったのだ。唐突にいいだしたので、びっくりした。

なぜこんなことをおっしゃったのだろう。葬儀が終ってしばらくして、先生の蔵書の整理にうかがった時、私の予想以上に漢籍類が多いのに驚いた。杜甫などは、歴代の註釈書がほとんどそろっていた。杜甫のことなどは先生は一言も触れたことはなかったので意外であった。そして書きこみが欄外にあちこちとしるされていた。

先生は、いつも学問に専念したいと一生思いつづけ、その実行にいつも脅迫されていたのではないか、その蔵書を手にとってみるにつけ、そんな気がしてならなかった。学会へ異常なまでに熱心であったことを思いあわせる時、そう考えざるをえない。なにごとにつけ知らないことをもっとも恥じる人であった。この長所が欠点にもつながったのかもしれない。

先生は、学問的著作をいっさいのこされなかった。ともかく晩年にはそれでいいのだという考えに達していたようだ。そのことは、先生の一生を飾る上に残念だったとは思えない。ただ先生は、やらなくてはという脅迫にいつもおびえていたから、無類の勉強家だったと思う。そしておびえながらついに先生はなにもしなかったのだ。逆説にきこえるかもしれないが、それはすばらしいことだったとも思う。

よくいわれることだが先生は、おそろしいまでの読書の大家だった。よいかわるいかを見きわめる嗅覚は、いっこうに衰えなかった。それは感受性の若々しさのせいもあるが、なによりも先生が速読術ともいうべきものをもっていて、それが鑑賞のカンを鈍らせなかったのではないかと思う。

また江戸の漢学者についての造詣は深かった。「このごろ松崎慊堂に興味もってるんです」といったら、先生はぴくっと鼻を動かして、若いころ慊堂研究会なるものがあって、それにはいっていて、毎月、渋谷の羽沢山房のあたりに集ったという話をしてくれた。先生からは、もっともっといろいろなことをひきだしておきたかった。明末清初に生きた文人のこと、二・二六事件の余話、推理小説のことなど、もっともっときいておきたかったとくやまれるのである。

いまでも、奥野先生がこの世にもういないのだという実感を私はもてないでいる。いつも三田の校庭へ行くと、愛用の鳥打ち帽をかぶって、小柄な先生が足早に歩いてくるような気がしてならないのだ。

葬礼の作法として、弔問に訪れたものは、死者の顔へのせられた白い布を開いて、別れを告げるものだという。私はなぜか白布の下に隠れた先生の死顔をみる勇気をもてなかった。そのためか、私の中で先生はまだ生きている。もうお逢いすることはできないとは知っているが、まだ生きていると感じていられることは、私にとってよいことである。先生は、あきらかに私のこれまでの生きかたを左右したのだから、いつまでも見守っていてほしいのである。甘えといえば、甘えである。先生は人をけっして甘やかさなかったが、甘やかされていないぞと自分が自覚した時、背中合せにいや甘やかされているのだという緊張したいい気分をいつも与えるというそんなある種の魔力をもった人だった。すくなくとも私にとっては。

（初出＝『奥野信太郎回想集』三田文学ライブラリー、一九七一年）

二　本棚は羞恥する

本棚を自分の部屋にもっていることは、それだけで気恥かしいものである。

他人に、本棚を眺められる時の気分ほどいやなものはない。たかが知れた本の量を、棚にずらりと並べて平気でいられる人は、もともと本があまり好きではないのではないか、と思えるほどだ。

気恥かしいと言っても、書物は、私にとって、いまや欠くべからざるものになってしまっているから、つぎつぎと買わないわけにもいかず、買えば買うで、増えるばかりであり、四囲にめぐらした本棚から、ついにはみだして、畳の上へ積重ねる仕儀に追いこまれる。むさくるしい風景である。こうなると、もはや読書を愛するなどというものではなくなっているのであり、やや淋しい気もする。

本というものは、たえず気をつかっていないと、物も言わずにしのびよってくる獣のようなところがあり、気がついた時は、すでに遅かりしで、人間の居場所などは、知らずに狭められてしまっている。そこで、ようやく整理しようという決心がついて、ボール箱につめて、田舎へ送ることにしたのだが、四十箱にもなってしまった。

ところが、驚いたことに、本棚が、がらがらになるかと思いきや、まだはみでているのである。ここで、わかったことは、本棚にはあまり収容能力がないのだということである。ずらりと並んでいるのをみると、結構、人を威圧する力をもっているのであるが、見かけ倒しなのである。畳の上に積みあげるほうが、はるかに量をさばくことができる。

こんな始末であるから、書を愛するということから、もはや逸脱してしまっているのだが、やはり他人に見られることは、恥かしいのである。この気恥しさのよってくるところは、どこにあるのだろう。いろいろ考えてみる。まず自分の裸をみられたような気になるせいだろうかと考えてみる。どんな本を読んでいるのか、一目瞭然となるから、他人には見られたくないという気持があるせいなのか。

否、だと思う。たしかに、友人たちの中には、妙な判断をする奴がいる。「全集が多いな」などと、お前の心理構造を見たりといわんばかりのしたり顔をするのがいる。冗談じゃないという気がする。蔵書によって、人の気持がわかってたまるかと、不愉快になる。

外聞によれば、谷崎潤一郎は、蔵書を人にけっして見せなかったという。井伏鱒二なども、どこに書物があるのか、さっぱりわからないという。蔵書を人の目に触れさせたくない人とは、他人の思いあがった手前勝手な判断癖に曝《さら》されることを忌み嫌うからではないか。できることなら、蔵書は、私もかくしこんでおきたいのだが、いまのところ部屋が狭くて、どうしようもない。それで、えいっと居直って曝すがままにしている。

私の本棚との最初の出会いは、父のそれである。それは本棚というより、本箱といったほうが、ぴったりだったのだが、観音開きの飾り戸がついており、中にどんな書物が並んでいるか、そと目からは、わからない仕組みになっていた。あのような本箱は、いまや死滅してしまったようで、見かけたこともないのであるが、この場合、人に本の背を見られたくないというより、戦前の本箱にたいする美意識の結果であるだろう。

そういう本箱をつくって隠したいという気もあるが、それにしては本が多すぎるし、かといって書庫を作るなどというのも大袈裟すぎて、余計、気恥しさの種をつくるだけだ。

おそらく、私には書物を読みかつ所有することに対する、劣等感が根深くあるにちがいない。本を読まない人間にたいして、すなわち本を読まないでも生きていられる人間に対して、はかり知れぬひけめをいつも感じる。なまじ本を読んでいて偉ぶる人間とか、読書の量を誇る人には、いっさいのひけめを感じない。それは、知識というものは底知らずのもので、限りもないことを知っているからだ。

書物が恥しいということは、「知識」が恥しいということであり、つまりまだ人間が未熟だということであろう。

（初出＝『室内』工作社、一九七二年七月号）

三　白い書庫　顕と虚

白には、まぶしいような恥ずかしさがある。その恥ずかしさは、白の属性というより、感じとる人の反応である。私は、最近、書庫を作った。白ずくめの書庫である。恥ずかしくてしかたがない。

本というものは、どうしようもないもので、ほっておくと、どんどん増えて、歩く場所もなくなるほどの繁殖力をもっている。棄てるわけにもいかず、増えるままにしておくと、さあ大変だ、はっと気がつくと狭いアパートは本に包囲されて、身動きとれなくなっていた。

現代の住居状況は、コンパクトだから、本などという野良猫を飼う癖がついたら、たちまち自分の居場所を失ってしまう。なんとか、脱出しようと、野良猫専用の小屋をつくろうと思いたったのだが、人間の住む場にも困っている東京に、そんなぜいたくが許されるはずもない。結局、北海道の親の家の二階へ疎開させることにした。

いくら野良猫だといっても、必要あって飼っているのだから、遠くに隔離してしまうと不便きわまりない。当座は不要と判断したものだけを送っていたものの、意地悪なもので、そのいらぬはずの本がぜひ必要になってくる。

送り返して貰うには、量が多すぎ、そこで、のこのこ北海道まで出かけていかねばならぬ。原稿料の十倍の費用をかけて、仕事をしに出かけていくというマンガを演じることになる。これは、隔離された野良猫が、主人恋しさに泣いて呼びよせるのだと思っている。

ところが、この本という野良猫は、繁殖力が旺盛だから、疎開先でも、置き場がなくなって、とうとうそこに書庫を作るハメになった。「書庫」という存在は、図書館じゃあるまいし、それ自体、本をたくさん持ってますぞといわんばかりの恥ずかしい存在だが、ついに気取ってなどいられず、「あるものはあるのだから、しかたがない」南無三とあきらめて作ることにした。

それが、わが白い書庫である。わずか六坪の場所どりだが、九メートル近い高さなので、白い墓標という趣がある。

はじめから、白い書庫を意図したわけではない。白など、いっさい頭の中になかった。設計の段階で、アメリカのウッド・シングルを外壁へめぐらすことになっていたからである。つまり、木である。素木《しらき》を用いるわけでないから、白くはない。くすんだ木肌の茶である。時間がたつと、銀ねずのいい色になりますよ、と設計してくれた山下和正氏は言った。

それでも、恥ずかしさは、覚悟していた。なにしろ、九メートルの高さである。目立つことは、保証つきである。くわえて、書庫などという大袈裟なものを、おったてるわけだから、恥さらしは、前もってわかっていたが、できるだけ目立ちたくないという気分であった。私の性格は、「目立たないことが目立つ」のもいやだというところがあり、それも親の庭の隅を借りているのだから、できるだけ首を縮めていなければならぬ。

ところが、好事魔多しで、いざ工事をはじめようとした時、チェックがでたのである。消防法によると「木の壁はいかん！」というのである。そこで、建築家の山下氏が代案として出してきたのが、なんとかという、名を忘れたが、屋根材で、それを壁一面に用いようというのだ。

その屋根材には、各種の色があったが、山下氏の体験では、黒か白しか用いられないという。白はプチブル・インテリ的でいやだと答えると、じゃ、黒はどうですか、と提案してきた。

黒は、ふつう住居には用いない色である。不吉な色である。たかが書庫なのに、建築家に依頼したのは、どうせ作るのなら変わったものをという下心（これはやはり目立ちたい心か）があったからだが、黒というのは、どうしてもまずい。

なにせ、九メートルの塔のような建物であり、田舎の街に、とつぜん黒ずくめの怪物が、すっくとおりたったという風情をただよわせることは確実である。

自分の土地で、周辺に人家のいっさいない山の中なら、私はあえて、この黒い異形の倉庫を、むりやり疎開させられた我が野良猫どもの棲《す》み家《か》にしてもよいと思ったが、なにしろ実家とはいえ、親の家の軒先三寸を借り受けるのである。親の世間態《せけんてい》を考えないわけにはいかない。

黒に固執し、親兄弟の反対を受けたわけではないが、事前にチェックした。そうなると、残るのは白しかない。白も黒も、単純な色だが、あまりにも根源的すぎて、目立つのである。

そもそも、母屋が、ホワイト・ハウスと世間でからかわれているほど、白ずくめなのである。白は、恥ずかしいという体験は、さきに親の家でしている。屋根から壁まで白い。

この白い家に、黒の塔というコントラストは、あまりにも「黒白」つきすぎる。だから、黒を避けたというデザインの問題も、チェックの対象となった。

そもそも、このホワイト・ハウスも、よく見ると、白ではない。屋根は、銀ねずのカラー鉄板である。壁は、ねずみ色のモルタルである。ところが、全体で見る時、それは真白に見える。

白い色というものは、実体がないんだな、と思ったのは、この時だった。白を避けているのに、全体感としては、白になってしまうのである。白は、実体の色ではなく、感覚の色なのである。他と比較的に白ければ、白である。

色見本というものがある。親の家を新築する時、たまたま居合わせて、壁の色をきめるのを手伝った。色をきめてくださいと、色見本をつきつけられた時、白と呼ばれている色が、無数にあるのに驚いた。できるだけ、目立たなくしようということで、白をはずして、白っぽいねずみ色を選んだのだが、いざ塗り終わってみると、見た目に白白だったのである。試行錯誤の経験が深くなければ、色見本から、素人が、これっ！　ときめることは、無謀のしわざだと、この時、悟った。色見本は、なにより、小さすぎる。空間を押し広げて想像する力が、人間に不足しているというより、見えるものに弱い人間は、色見本帳そのものを見てしまうのである。

ともかく、印象としては、まっ白いのである。そして、恥ずかしいのである。だから、親の家へ入る時だって、勝手知ったる気軽さでというわけには、どうしてもならない。一瞬、息を呑み、息を整え、まるで他人の家を訪ねる気分に切りかえないと、どうしてもだめなのである。

だから、書庫の場合、黒か白しかなく、他の壁材に変更するには、設計を根本的に変えなければならず、そうするにしても、土台などの工事は、すでに終わっていて遅すぎる。なにがなんでもどちらかに決定しなければならぬと知った時は、まさしく「已《や》んぬる哉《かな》」の境地だった。

かくして、白にしましょう、と決断をくだした。黒は異形を際立たせすぎ、白の隣に黒というのも、不吉に目立ちすぎるから、論外であり、白と白なら互いに相殺して、すこしは、恥ずかしい感覚を免れると思いこむことにしたのである。

ところが、出来あがってみると、やはり恥ずかしさは変わりなかった。その白の屋根材も、よく目を近づけて見るとけっして白くはない。ねずみ色に近いし、その中に、黒がごま粒のように混じっている。これが、どうして白っぽいかというしろものなのに、いざ、書庫が完成してみると、白いのである。

遠目には、この白い書庫は、美しいとさえ言える。周辺には親の家をのぞいて、白い家などないし、長身痩軀《そうく》の造形であるから、よく目立つ。

（初出＝『Ｖｉｅｗかんざき』第23号、神崎製紙、一九七八年八月）

四　本の精霊

物を棄てること、それが時にはずいぶん気持ちのいいものだと、知ってはいた。が、本当にそうである。

三田から門前仲町へ引っ越すにあたって、テレビ・冷蔵庫・机・椅子・たんす・ベッドにいたるまで、ことごとく棄てた。

すべてを新しい空間に合せて、買いかえる魂胆なぞ、もちろんない。棄てたといっても、本だけは残したのであって、従って本箱と灰皿は、そのまま移動したわけである。

いや、残念ながら、電話も移動したが、ともかく部屋の中に、本以外のなにものもないというのは、なんともいえず、クックと笑いがこみあげてくるほど爽快なものである。

私は、テレビ気狂いだったので、これだけはすこし不安だったが、なければないで、なんとかなるもので、見たいとも思わなくなっている。

本は、売ったり棄てたりしない覚悟をきめたので、予想されるのは、ひたすらに増えていくことのみである。今のところ壁のみはふさがっているが、いずれ中央のスペースにも本棚を立てて、純粋に書庫化するつもりでいる。やけくそといえば、もうやけくそなのである。すでに北海道に書庫がひとつあるから、こうなると、もうマンガである。

三田にいたころ、途中から人を家へ招じいれることがなくなっていった。本で足の踏み場もなくなったからだが、新しいアパートはまだ余裕があるので、時々、人を部屋にあげることがある。

「落着くねえ」

たいていの人は、そういう。

「殺風景への皮肉かい？」

私は、すこしむっとしていう。

「ちがうよ。本のせいだよ」

ある人は、きっぱりそう言った。

はてな、私は首をかしげる。本好きが友人に多いから、そのせいかとも思うのだが、そうでもない人でも、同じセリフを吐くので、はてな、と私は考えこむのである。

書庫に並んだ本は、好むと好まざるとにかかわらず、装飾の役割をはたす。装飾には、脅しの機能もあるが、目の慰めの働きもある。このせいか。

どうもちがうようで、慰めとなるには、本が多すぎて、むしろ飽腹感を覚えるはずである。そこで、つぎに思いついたのは、

「ああ、本は、もともと木ではないか」

ということであった。

そうだ。現代人は、木に飢えている。つまり酸欠だ。本のもとをたぐればパルプ、つまり樹木なんだから、書棚の乱立は林の中にいるようなもので、気が休まっても、不思議でないだろう。

「そうかな。すこし考えすぎじゃない？」

人は、この私の説に、あまり賛成しないようなのである。

そのうち、気が休まるどころか、本の中にいすぎると、息がつまって、呼吸が苦しくなるほどにおびえた体験を思いだしていた。

図書館の書庫の中である。薄暗い空間だが、それ故にこわいのではなく、無数の「本」の気配におびえたのである。それは、本の物のけというより、本に宿った霊である。それらの呪詛のざわめきかと思わせた。

「本にはね、人間の霊魂が、ぎっしりつまっているんだよ。なにも書いた人の霊だけではない。一冊の本ができあがるまでには、無数の人間の精気が吸いとられているのだからね。それが本箱にぎっしりつまっていれば、一種のエネルギー箱さ。こいつが心を鎮める作用をきっとしているんだね」

最近は、「落着くね、なぜだろうね」という人に対し、こうオカルティックに私は説明することにしている。

この講釈は、けっこう評判がいいようだ。みな、ふむっと肯き、だれひとり、非科学的だと笑うものがいない。ずいぶんと科学の価値も落ちたものだが、図書館の本が怨恨の声をあげるのは、死蔵されたまま、わが身の精気が開かれないからであろう。曝書の習慣は、たんに本が痛まないためばかりではあるまいと、いまさらに気がついた。

また、この精霊説により私は、つん読家の気持がよくわかってきた。ある実業家は、かなりの蔵書家である。いつもニコニコしている人である。

「めったに読みやしません。ただ本を並べて、その中にいるのが、好きなんです」

この人は、「つん読でございまして」などと頭のひとつもかいてみせるといった卑下や謙遜のしぐさをいっさいしない人であった。

つん読の本は、死蔵ではない。読まないでも、本に囲まれているだけで、知恵と安らぎをあたえてくれることをよくしっている人たち、それが、真のつん読家である。二段式の本箱やスライド式の本箱などを採用しては、本の精霊たちから見離されると思っている人たちである。

（初出＝『室内』工作社、一九八四年四月号）

五　本の行方

読みさしの舶来《はくらい》の本の
手ざはりあらき紙の上に、
あやまちて零《こぼ》したる葡萄《ぶどう》酒の
なかなかに浸《し》みてゆかぬかなしみ

啄木の詩だが、かつて「本」に対して抱いた戦慄するような感性のときめきが、今の私には、まったく失われている。

蔵書の始末をつけようと思ってから、三年になる。私は、本を売ったり、棄てたりしたことがない。つまり増えるばかりだ。狭いマンションだと置く場所がなくなり、書庫を作ることにした。東京には、そのような気がきいた空間などない。北海道の実家の庭の片隅に書庫を作らせてもらうことにした。十五年ぐらい前のことである。

蔵書の始末という問題が、哀しいかな、書庫を立てた時から、かえって、わが念頭へしばしば去来するようになった。今はいいが、いずれ両親がこの世を去る時は、土地財産税金などがからんでくる。そのめんどうを避けるためにも、書庫を撤去せねばならぬと思うようになったのである。

自分の蔵書が、何冊あるのか、これまで数えたことなどない。友人などは、わが書庫を見て、まあ三万はあるなという。東京にも、ほぼそれに近い蔵書があるから、六万か。まさか、おそらく、そんなにない。一年に五百冊近く増えていくとして、十年で五千冊。このペースになってから、かりに三十年として一万五千。まあ、二万そこそこといったところだろう。個人の蔵書は、たかがしれている。

想像していたよりすこし早く、母、父と順に死んでいった。父の葬儀が終わると、書庫の本だけは、始末しようと、自分でもびっくりするほどスパッと早く決心ができた。

とりあえず、使う必要に迫られていない本だけが北海道の書庫に送りこまれていたので、あきらめがつけやすかったのでもある。いつ再び使う時がくるかもしれぬという未練を切りやすかった。

人間、なにごとにつけ決心までたいへんだが、しかし決心してからも、たいへんなのである。いったい、どう始末をつけるかの問題が残った。

私は、すでに述べたように、本を売らない主義である。二束三文で叩かれるのも不快である。では、東京へ送り戻せば、よいか。それを収める空間をつくりだすことは、絶望的にむずかしい。ほしい人にさしあげるとするか。ノー。だめだ。自分がほしい本しか、人はもらいたくない。

よし、それなら、公共の図書館へ寄付するというのは、どうだ。ここにも多くの困難がたちはだかっている。

受けいれるだけの書庫の用意がない。私の蔵書は一般書から専門書まで多岐に渡っている。大学の図書館は、どうか。だめだ。ほとんどの本が重複している。貴重本しか受けとらないであろう。

先日、古本屋へ行って書棚をのぞいていたら、店のオヤジと大学教授らしき男が会話している声が耳に入ってきた。

ある教授は、一億円のお金をだして、自分の蔵書をようやくある大学へ寄贈させてもらったという。大学は、それを受けいれるために、新しい収納の施設を作る費用を要求したのである。小さな公共の図書館では、寄付された本でも、時が来れば町の古本屋へ流してしまうともいわれる。

本は、不幸の時代を迎えている。ただほど高いものはなくなっている。大袈裟ながら私は、まさに「人生の一大事」につきあたっている。いつまでも書庫をそのままにしておくわけにいかない。そろそろ時間切れが迫っている。ひたすら途方に暮れているのである。

どうして、こんなに本が増えてしまうのか。愛書家は、こうは増えない。「本」が私の商売になってしまったからだ。一つ大きな仕事を終えるごとに二千冊は増える。生きていくかぎり、これからも増えるばかりだ。

啄木の詩を読みながら、十代のころをなつかしむ。寝転がり、ミカンを食べながら本を読んでいると、その汁が開いた頁にピッと飛び散り、黄色い玉の粒を浮かばせた。そんな日のことが思い出される。少年の私にとって、本は、黄金であり、いつもエメラルドの宝石のように輝いていた。

（初出＝『ＮＯＭＡプレスサービス』４８５号、日本経営協会、一九九二年一月五日発行）

解説　六万二千冊の「蔵書にわれ困窮すの滑稽」

平山周吉

本本本本本本本本本本本――。本書のカバー写真（及び本文ページ内の写真）、その乱雑に積み上げられた本の密閉空間に嫌悪感を持った人は此の世の多数派と認定できる。たじろぎ、怖じ気づいたとしても、気をとり直し、書名や著者名の小さな文字を懸命に読み取ろうと試みた人種は、本書『随筆 本が崩れる』へのパスポートを得たといえよう。この空間（マンションの2LDKである）は玄関からして満杯の書物で埋まっているのだった。万が一、母の胎内で眠るが如き安らぎを覚える御仁がいたとしたら、この部屋の主である著者の、「蔵書にわれ困窮すの滑稽」と、ついでに、笑い飛ばすしかない悲惨を共有することができよう。そんな人材はもう今の日本にはいないかもしれない。著者の草森紳一自身は十年前の二〇〇八年三月に、この部屋の中で消息を絶った。三万二千冊の書物の山塊の彼方から、あっけらかんと遺体が発見されたのは十日もたってからだった。

それにしても、本はなんでこんなに増えるのだろう。場所塞ぎなくせに、なんで捨てられないのだろう。地震が来れば一気に凶器と化す危険物だ。鈍感なほど重いときている。

本書の帯に推薦の辞を寄せた又吉直樹は、「自分も、本を積み過ぎてアパートを追い出されたことはあったけれど、その比じゃなかった。本との愛と格闘。」と書いている。草森紳一はこの家賃十四万二千円のマンションに棲みつくこと四半世紀に及んだが、部屋から追い立てを喰らうことはなかった。もし退去を命じられたとして、引越しが安々と可能だったとはとても思えない。書物の塊りごとに草森なりの分類が施されていて、他人任せにはできなかったからだ。

「物書き」を自称した草森紳一は、昭和十三年（一九三八）二月に北海道の帯広市近郊の音更《おとふけ》村で生れている。母親がルーズだったので、本代は自由になった。少年雑誌、映画雑誌、冒険小説、大衆文学、戦記物となんでも買って読んだ。非力で不器用だったのにプロ野球選手を目指し（本書所収「素手もグローブ」で野球少年時代がわかる）、副業として本屋さんになることも考えた。ヘンな少年である。帯広柏葉高校時代は学校にはあまり通わず、自分の部屋で本を大量に読んでいた。一浪して入った慶応大学でも、出席したのは奥野信太郎教授の中国文学のみで、後の講義は一切出なかった（本書所収「魔的なる奥野先生」で本をめぐる師弟関係がわかる）。

「大学二年になって専攻を中国文学科に決めた。漢詩漢文はもともと好きだったが、それまでに読んでいたものは、外国文学の翻訳もののほうが圧倒的に多かった。授業はさぼり、外国文学と並行して中国の書物を読みまくった。日本の古典も、まるで外国文学を読むような感覚で読んだ。

中高大と、この時代の私は吸い込み満点で、どうしてあんなに読めたのか、不思議に思えてならない。映画青年であったし、麻雀も好きだったのに、どうしてそんな暇があったのか。時間と吸収の神秘である」（「世界は、雑」『現代詩手帖』二〇〇〇年五月号）

多読、速読、精読、漫読、千変万化の読書である。独自の嗅覚に導かれた乱読はノンストップで、マンガから仏典まで、武者修行の観を呈している。大学の推理小説同好会では、日影丈吉を論じ、ポール・ボウルズの短編を翻訳している。先見の明にも驚くしかない。卒論に選んだのは唐代の夭折詩人「鬼才」李賀《りが》（李長吉《りちょうきつ》）だった。卒論は四百字詰め原稿用紙にして五百枚（今風にいえば二十万字）の大長編で、書くことも読書や蔵書と同じく、ひたすら増殖していく厄介なタイプだった。

映画監督志望だった草森が映画会社の試験に落ちたのは幸いだったかもしれない。東映の面接試験で大川博社長と口論になった。草森は「三国志演義」を日中合作で映画化し、自分は監督・脚本・プロデュースを兼ね、現地ロケするというプランを意気揚々と述べた。

「もちろん、不合格である。この時、考えたことは、どうしてああも欲ばった言いかたをしたのだろうということを悔むよりも、どうして自分はなにか一つに絞れない人間になってしまったのだろうか、と言うことであった。あの面接のさなかでも、もう一人の自分は、冷静に、この国は専門一筋でないと生きにくいらしいぞと、呟きかけていた。

私は、この苦い経験から、専門一筋の人間に切りかえたかと言えば、そうではなく、自分のやりたいことは、臆面もなくなんでもやろうということであった。それが、自分の生れついての性であるように思えてきたからである。（略）全人的な生きかたを示す中国文学の中をくぐってきたせいもあるが、専門に生きることは、むしろ人間たることに背反しており、処世的にすぎる。専門尊重は、単に処世的であるばかりでなく、二〇世紀機械文明とおそらくかかわっているのだろうが、だとすれば、私は時代遅れの人間ということになるであろう。しかし遅れまいと遅れようと、私の知ったことではない」（「魚座の弁解」『狼藉集』所収）

草森は婦人画報社に就職し、編集者になった。「男の服飾」（リニューアルして「メンズクラブ」となる）、「婦人画報」というビジュアル誌で、同世代の表現に出会う。写真、デザイン、イラストレーション、マンガ、広告宣伝といったジャンルが一斉に沸騰する一九六〇年代の現場に立ち会い、「時代遅れ」どころではなくなった。会社勤めは向かないと三年で辞め、フリーの物書きとして、サブカルチャーとひとくくりにされる同世代の新しい表現を、辛口で援護射撃をするようになる。「評論家」草森紳一の出現である。この時期の草森はニヒルな役どころが似合いそうな不敵な面構えをしている。原稿は蒲団の中で書き、多産にして遅筆な売れっ子ライターとして、月産三百枚も量産した。その時代の代表作が『ナンセンスの練習』（ビートルズもキャパも久生十蘭も王陽明もアンリ・ルソーもフランシス・ベーコンも往生要集も同じ調子で論じる）、『江戸のデザイン』（横尾忠則が縦横無尽の装幀を手がけ、当時で定価一万二千円もするべらぼうな豪華本。毎日出版文化賞を受賞した）、『日本ナンセンス画志』（鳥獣戯画、一休、白隠から黄表紙、伊藤晴雨の責め絵まで）などである。若手の物書きが一人でフォローし得る限界を遥かに超える守備範囲だ。野球なら九つのポジションを全部一人でこなすといった感じだろうか。その間に、ライフワークの李賀伝を二千枚書いて中断（歿後五年目に、芸術新聞社から『李賀——垂翅《すいし》の客』として出る）、マンガについての原稿が四、五千枚（昭文社から五巻本で出す計画が当時あった）、写真についてが二、三千枚も溜まっていたという。「白髪三千丈」の類だったとしても凄い数字だ。仕込みとしても大量の本が必要になって当然の仕事ぶりである。

草森紳一のサブカル時代は昭和四十七年（一九七二）をもって終わる。「本が崩れる」の中に、「時計をもたなくなってから、三十年になる」という表現が出てくる。ちょうどその頃だったのではないだろうか。健康を害し、「無常」の風に襲われたのかは不明だが、その後はむしろ歴史物に重点を移していく。資料をどっさりと必要とするジャンルだ。曹操、史記、孫子、韓非子から毛沢東までの中国物、奈良朝から江戸、明治までの日本物、蘇東坡や揚州八怪、副島種臣や西郷隆盛や幕末志士たちの書と詩へと、中国の士大夫、東洋の文人的世界を主戦場としていく。風貌もいつのまにか白髪をなびかせた文人、いや、仙人と化すが、モダンな不良老人のオーラは発している。コンパクトカメラを片手に散歩して、わが目に映る森羅万象を貪欲に採集してもいる。原稿を書く機会こそ減ったが、マンガも写真もミステリーも相変わらず現役で享受し続けていた。

「子供のころの私も、手当り次第の読書三昧だったが、今は、「縁」にそって読む。物書きという仕事柄、暇つぶしには読まないが、できるだけ三昧（忘我）の気分を失いたくない。たとえば、ここ数年、幕末の志士で、明治の政治家、漢詩人にして書家の副島種臣について書いている。彼の生きた時代にかかわるものなら、手当り次第に読む」（「読書三昧——「縁」にそって読む」『ノーサイド』一九九四年七月号）

「手当り次第に読む」ということなら、風呂場に閉じ込められても読むのだから草森は始末に負えない。副島種臣の「生きた時代にかかわるもの」といったら江戸も明治も全部をカバーし、中国と日本の書史と詩史も全踏破しなければならないではないか。部屋の中の本が増殖をやめないのは道理である。草森は自分の関心があるテーマを同時に百くらい育てていたから（「穴」とか「円」とか「夢」とかいったテーマもある。マンションの傍にあって隅田川に架かる「永代橋」を渡った古今の人物たちも何百人と書物から収集していた）、本読む人間をせせら笑うが如くに、蔵書は増えていったのだ。

草森紳一の蔵書はこの永代橋のマンションだけではなかった。もう一箇所、北海道の草森の実家の庭には高さ九メートルの白い書庫がある。昭和五十二年（一九七七）に建てられ、三万冊が壁面をすべて書棚にしてきちんと並ぶ書庫「任梟盧《にんきょうろ》」である。名前は李賀の詩から採られ、「サイコロ任せ、どうにでもなれ」というやけっぱちの意である（本書所収「白い書庫　顕と虚」参照）。任梟盧については、西牟田靖が『本で床は抜けるのか』（中公文庫）で、その現状を詳しくレポートしている。一階には書斎部屋、最上階近くに寝室があり、「部屋には草森の気配が濃厚にあり、見学していると、今にも後ろから草森がぬっと現れるような気がしてならなかった」という。

三万冊の任梟盧は読書人に似つかわしい整然とした佇まいであるが、三万二千冊の乱雑な部屋を見慣れてしまうと、いまひとつ三万冊の本たちが居心地が悪そうに感じられるのは何故だろう。本以外の「生活」をすべて棄てても残る、本をめぐる煩悩のなせる堆積力の業なのであろうか。本にはまず書いた人間の煩悩が籠る。買った人間、読んだ人間、線を引いた人間の記憶が籠る。本を処分できないでいる人間のうずたかく積もった未練が残る。この鬱陶しさこそが書物の味なのかもしれない。

「本には、「めくり読み」の喜びがある。「めくるだけ」。私は、いくら多読だといっても、読んでいない蔵書のほうが、はるかに多い。ただ「めくるだけ」の喜びだけは、一冊残らず、どの本からも味わっている」（「読書の不良」『本の読み方』所収）

草森紳一の死からちょうど三年後、三・一一の東日本大震災では東京も激しく揺れた。隅田川にほど近いマンションの七階の揺れもさぞ大きかったに違いない。書物の散乱、倒壊は本書のレベルを大きく超えたことであろう。草森紳一の享年は七十だったから、まだ早過ぎると思っていたが、いい死に時であったのかもしれない。マンションの三万二千冊は縁あって、故郷に帰り、帯広大谷短大に寄贈され、優雅でゆったりとした老後を送っている。本の運命とはわからないものだ。

（ひらやま・しゅうきち／雑文家）

〈編集付記〉

本書は、『随筆　本が崩れる』（文春新書、二〇〇五年十月刊）を文庫化したものである。新書版の二刷に著者の加筆修正の入ったものを底本とし、難読な漢字に適宜ルビを追加した。

本文中に、今日の人権意識に照らして不適切な語句や表現が見受けられるが、著者が故人であること、作品の文化的価値を考慮し、原文のままとした。

〈初出一覧〉
「本が崩れる」……『文學界』文藝春秋、一九九九年十月号
「素手もグローブ」……『話の特集2005　創刊40周年記念』WAVE出版、二〇〇五年二月
「喫煙夜話『この世に思残すこと無からしめむ』」……『ユリイカ』青土社、二〇〇三年十月号

〈文庫版付録の底本一覧〉
「魔的なる奥野先生」……『奥野信太郎回想集』三田文学ライブラリー、一九七一年
「本棚は羞恥する」……『狼藉集』ゴルゴオン社、一九七三年
「白い書庫　顕と虚」……『見立て狂い』フィルムアート社、一九八二年
「本の精霊」……単行本未収録
「本の行方」……単行本未収録

中公文庫

随筆《ずいひつ》
本《ほん》が崩《くず》れる

2018年11月25日　初版発行

著　者　草《くさ》森《もり》紳《しん》一《いち》
発行者　松田陽三
発行所　中央公論新社
〒100-8152　東京都千代田区大手町1-7-1
電話　販売 03-5299-1730　編集 03-5299-1890
URL http://www.chuko.co.jp/

ＤＴＰ　ハンズ・ミケ
印　刷　三晃印刷
製　本　小泉製本

Published by CHUOKORON-SHINSHA, INC.
Printed in Japan　ISBN978-4-12-206657-1 C1195

中公文庫既刊より

各書目の下段の数字はISBNコードです。978-4-12が省略してあります。

に-21-1
本で床は抜けるのか 西牟田 靖

「本で床が抜ける」不安に襲われた著者は、解決策を求めて取材を開始。「蔵書と生活」の両立は可能か。愛書家必読のノンフィクション。〈解説〉角幡唯介

206560-4

お-88-1
古本道入門 買うたのしみ、売るよろこび 岡崎 武志

古本カフェ、女性店主の活躍、「一箱古本市」……。いま古本がおもしろい。新しい潮流と古きよき世界を橋渡しする著者が、魅惑の世界の神髄を伝授する。

206363-1

す-24-1
本に読まれて 須賀 敦子

バロウズ、タブッキ、ブローデル、ヴェイユ、池澤夏樹……。こよなく本を愛した著者の、読む歓びが波のようにおしよせる情感豊かな読書日記。

203926-1

ゆ-5-1
本のなかの旅 湯川 豊

宮本常一、吉田健一、金子光晴、大岡昇平……。何かにつき動かされるように旅を重ねた十八人が遺した本から、旅の記憶を読み解く珠玉のエッセイ集。

206229-0

ハ-6-1
チャリング・クロス街84番地 書物を愛する人のための本 〈ヘレーン・ハンフ編著〉 江藤 淳 訳

ロンドンの古書店とアメリカの一女性との二十年にわたる心温まる交流——書物を読む喜びと思いやりに満ちた爽やかな一冊を真に書物を愛する人に贈る。

201163-2

な-73-1
麻布《あざぶ》襍記《ざっき》 附・自選荷風百句 永井 荷風

東京・麻布の偏奇館で執筆した小説「雨瀟瀟」「雪解」、随筆「花火」「偏奇館漫録」等を収める抒情的散文集。初の文庫化。〈巻末エッセイ〉須賀敦子

206615-1

い-22-2
問いつめられたパパとママの本 伊丹 十三

どちらかといえば文学的なあなたのために。空ハナゼ青イノ？ 赤チャンハドコカラクルノ？ 科学的な物の考え方を身につけ、好奇心を伸ばすことのできる本。

205527-8

い-35-18
にほん語観察ノート
井上ひさし
ふだんの言葉の中に隠れている日本語のひみつとは？「言葉の貯金がなにより楽しみ」という筆者のとっておき。持ち出し厳禁、言葉の見本帳。
204351-0

い-35-21
わが蒸発始末記　エッセイ選
井上ひさし
軽妙なおかしみと鋭い批評眼で、小説・戯曲に劣らぬ傑作ぞろいの井上エッセイ。エッセイ集一〇冊の集積から選り抜いた、四一篇の思考のエッセンス。
205134-8

い-35-23
井上ひさしの読書眼鏡
井上ひさし
面白くて、恐ろしい本の数々。足かけ四年にわたり新聞連載された表題コラム34編。そして、藤沢周平、米原万里の本を論じる、最後の書評集。〈解説〉松山　巖
206180-4

ま-34-3
花鳥風月の科学
松岡正剛
花鳥風月に代表される日本文化の重要な十のキーワードをとりあげ、歴史・文学・科学などさまざまな角度から日本的なるものを抉出。〈解説〉いとうせいこう
204382-4

ま-34-4
ルナティックス　月を遊学する
松岡正剛
月的なるものをめぐり古今東西の神話・伝説・文学・芸術を縦横にたどる「月の百科全書」。月への憧れを結晶化させた美しい連続エッセイ。〈解説〉鎌田東二
204559-0

よ-5-8
汽車旅の酒
吉田健一
旅をこよなく愛する文士が美酒と美食を求めて、金沢へ、そして各地へ。ユーモアに満ち、ダンディズムが光る汽車旅エッセイを初集成。〈解説〉長谷川郁夫
206080-7

よ-5-9
わが人生処方
吉田健一
独特の人生観を綴った洒脱な文章から名篇「余生の文学」まで。大人の風格漂う人生と読書をめぐる随想集。吉田暁子・松浦寿輝対談を併録。文庫オリジナル。
206421-8

よ-5-10
舌鼓ところどころ／私の食物誌
吉田健一
グルマン吉田健一の名を広く知らしめた「舌鼓ところどころ」、全国各地の旨いものを紹介する「私の食物誌」。著者の二大食味随筆を一冊にした待望の決定版。
206409-6

各書目の下段の数字はＩＳＢＮコードです。978－4－12が省略してあります。

よ-5-11
酒談義
吉田健一
少しばかり飲むということの程つまらないことはない――。飲み方から各種酒の味、思い出の酒場まで、ユーモラスに綴る究極の酒エッセイ集。文庫オリジナル。
206397-6

よ-5-12
父のこと
吉田健一
ワンマン宰相はワンマン親爺だったのか。長男である著者の吉田茂に関する全エッセイと父子対談「大磯清談」を併せた待望の一冊。吉田茂没後50年記念出版。
206453-9

よ-24-7
日本を決定した百年 附・思出す侭
吉田茂
偉大なるわがままと楽天性に満ちた元首相の個性が描き出した近代史。世界各国に反響をまき起した名篇が文庫にて甦る。単行本初収録の回想記を付す。
203554-6

よ-24-8
回想十年（上）
吉田茂
政界を引退してまもなく池田勇人や佐藤栄作らを相手に語った回想。戦後政治の内幕を述べつつ日本が進むべき「保守本流」を訴える。〈解説〉井上寿一
206046-3

よ-24-9
回想十年（中）
吉田茂
吉田茂が語った「戦後日本の形成」。中巻では、自衛隊創立、農地改革、食糧事情そしてサンフランシスコ講和条約締結の顚末等を振り返る。〈解説〉井上寿一
206057-9

よ-24-10
回想十年（下）
吉田茂
戦後日本はどのように復興していったのか。下巻では、ドッジライン、朝鮮戦争特需、三度の行政整理など、主に内政面から振り返る。〈解説〉井上寿一
206070-8

よ-24-11
大磯随想・世界と日本
吉田茂
政界を引退したワンマン宰相が、日本政治の「貧困」を憂いつつ未来への希望をこめ、その政治思想を余すことなく語りつくしたエッセイ。〈解説〉井上寿一
206119-4

し-52-1
日本語びいき
清水由美 文
ヨシタケシンスケ 絵
知っているはずの言い回しも、日本語教師の視点で見るとこんなにおもしろい！　ヨシタケシンスケさんの、クスッと笑える絵とともに、日本語を再発見する旅へ。
206624-3